# Saphir
# Mieder und Leier

VW

Moritz Gottlieb Saphir

# Mieder und Leier

Gedankenblitze aus dem Biedermeier

Feuilletons
Glossen
Kurzgeschichten
Aphorismen

Zur Erde geleitet,
gebündelt
und in gute Nachrede gebracht
von
Manfred Barthel

Walter-Verlag
Olten und Freiburg im Breisgau

1. Auflage 1978

Gesamtherstellung in den grafischen Betrieben
des Walter-Verlags
Printed in Switzerland

ISBN 3-530-72590-0

# Inhalt

# Saphir über Saphir

Autobiographisches

Vorbemerkungen: Man wird sagen: Wie kommt der Mann dazu, seine Biographie zu veröffentlichen? Dazu haben nur berühmte Leute das Recht!
Gerade im Gegenteil! Berühmte Leute sind sicher, an der Tafel der Nachwelt stets einen der ersten Plätze zu finden. Unberühmte, wenn sie an die Tafel kommen wollen, müssen selbst den Platz belegen!
Diese Biographie ist das Monument, das ich mir selbst setze!

## So fing es an

Ich wurde vom Schicksal zum Juden bestimmt, von meinen Eltern zum Handelsmann, von meiner Erziehung zum Dorfrabbiner, von den Verhältnissen zum armen Teufel, von dem Zufall zu seinem Fangball, und trotz dieser Bestimmungen bin ich jetzt ein so ehrlicher und aufrichtiger Christ, wie nur ein ehrlicher und aufrichtiger Christ sein kann.
Eigentümer eines mittellosen Intendanzrattitels, bürgerlich-befugter Redakteur der Stadt Wien und aller

umliegenden Ortschaften, lebenslänglicher Prätendent des Titels «deutscher Humorist», geistreicher Schriftsteller von Gnaden einiger befreundeter Blätter, Hof- und Leibvorleser verschiedener Wohltätigkeitsanstalten, populärer Volkscharakter ohne gefährliche Folgen, Besitzer vieler Anhänger, die mir nichts ins Knopfloch hängen können, Inhaber eines steuerfreien Renommees mit dem dazugehörigen Gottesacker und Ernten im weiten Feld, redlicher Patriot ohne Aushängeschild und freiheitsliebender Mensch ohne politische Lieder mit messingenen Schrauben, Lohnkutscheradjunkt des deutschen im Kote steckenden Thespiskarrens.
Und wer hat das alles aus mir gemacht? Etwa mein Genie? Mein Glück? Meine Protektion? O nein, niemand als das deutsche Klima und meine robuste Roßnatur!
Meine Wiege zwar stand nicht im deutschen Klima! Ich glaube, da, wo ich geboren wurde, ist gar kein Klima, da war kein Klima, keine Luft, keine Witterung, da war bloß Ausdünstung!
Ich zweifle, daß die Grazien an meiner Wiege gelächelt haben, ich glaube überhaupt nicht, daß die Grazien lächeln, wenn sie eine Wiege sehen! So ein großer Kinderfreund ich auch bin, so muß ich doch gestehen, daß ein Wiegenkind samt lebendem und leblosem Zubehör kein Gegenstand für ein Grazienlächeln ist!

Den Namen Saphir hat mein Großvater angenommen, als auf Befehl Kaiser Josefs die Israeliten Fami-

liennamen annehmen mußten. Mein Großvater hieß Israel Isreel.
Als die Verordnung der Familiennamen ins Werk gesetzt wurde, berief ihn zu diesem Behufe der dazumalige Stuhlrichter, dem dieses Geschäft oblag, zu sich und fragte ihn, wie er heißen wolle. Mein Großvater wußte es anfangs selbst nicht, doch da er einen Siegelring als Erbstück an seinem Zeigefinger trug, in welchem ein Saphir saß, so sagte der Stuhlrichter: «Heißen Sie sich Saphir!» Und so geschah es.

Lovas-Berény heißt der glückliche Ort, in welchem ich zwar nicht erzogen wurde, aber doch heranwuchs, und Rabbi Lebisch hieß der Mentor, der meine ersten Schritte in Welt und Wissenschaft leitete.
Rabbi Lebisch besaß einen eigenen Genius zum Unterricht. Dieser Genius bestand aus einem langen Pfeifenrohr, welches am Ende mit einem runden Knopfe versehen war. Sooft mir nun ein Satz aus dem Lehrbuch nicht recht einleuchten wollte, zog er das Rohr aus der Pfeife und bewies mir hinter meinem Rücken auf die eindringlichste Weise die Wahrheit und Wichtigkeit dieses Satzes.

Rabbi Lebisch verstieg sich in seinem Unterricht zuweilen in die Höhen arithmetischer Subtilitäten, und so bekam der geniale Sanele einmal die Aufgabe: «Wenn 36 Ellen Tuch 45 Gulden kosten, was kosten 14 Ellen?»
Mein guter Herr Kollege machte seine Aufgabe nicht,

sondern lachte immer heimlich. Als nun der Rabbi fragte: «Hast du die Aufgabe gemacht?» lachte der geistreiche Sanele schelmisch. «Was lachst du?» fragte der Rabbi, und das Pfeifenrohr sauste durch die Luft. «Ach», erwiderte Sanele und kicherte immer fort, «der Rabbi haben mich nur gefoppt, um 45 Gulden kriegt man keine 36 Ellen Tuch!»

Kein «Verbrechen» hab ich zu bekennen, aber einen «Geburtsfehler!» Ich bin nämlich von Geburt ein Jude.
Ich könnte sagen, ein «Israelit» oder «mosaischer Religion», aber «Hühneraugen» bleiben «Hühneraugen», auch wenn sie unter dem Namen «Leidhörner» unter die Leute gehen.
Als Jude geboren werden ist jetzt, nachdem die Fackel der wahren Aufklärung von Kamtschatka bis weit über Hessen-Cassel hin leuchtet, bloß ein «Geburtsfehler»; vor 25 Jahren war es noch ein «Geburtslaster» und vor 60 Jahren ein «Geburtsverbrechen!»

Mein Leben ist mein Schreibzeug, mein Schreibzeug ist mein Leben! Wenn mich die Lumpen angegriffen, hab ich sie mit Papier besiegt. Wenn mir das Wasser an den Hals ging, hat mich die Tinte herausgezogen.

Wer mich scheel angesehen hat, dem habe ich Sand in die Augen gestreut, und was ich mit den Federn verdient habe, haben mich die Gänse gekostet.

Ich wurde einmal in Ungarn eingeladen, vor dem Komitatsstuhlrichter zu erscheinen. Wenn man in jener Zeit zu dem Komitatsstuhlrichter eingeladen wurde, mußte man sich vorher den Rücken gut decken!
Der Stuhlrichter sagte zu mir: «Saphir, sind Sie angeklagt von Herrn Edelmann so und so, daß haben sich in der Zeitung lustig gemacht über Löcher in seiner Livree; Livree ist Edelmann – find't sich Edelmann in Livree beleidigt!»
Ich machte ein vortreffliches Schafsgesicht und antwortete in meinem flanellenen Tenor: «Gnädiger Herr! Bitt ich um Verzeihung, sind Sie nicht gut unterrichtet; hab ich mich nicht lustig gemacht über Livree von Edelmann, hab ich mich bloß lustig gemacht über Löcher in der Livree, wo aber ist Loch, ist nicht Livree, und wo nicht ist Livree, kann nicht sein Edelmann!»
Und so hab ich mich glücklich wie ein Philosoph aus dem Loch herausgezogen!

Ich war Redakteur zweier Blätter in Berlin. Dabei war ich ein junger, lediger Gernegesehen. Ich hielt eine Equipage, galonierte Kutscher, galonierte Diener und einen kleinen Jockey, elegant betreßt.

Mein kleiner Jockey mit den goldenen, phantastischen Tressen war bald eine Stadtpersönlichkeit. Er war Postillon d'amour und Zensurbote! Er hatte das Amt, dem Herrn Zensor von Granow jeden Tag die Spalten der «Schnellpost» und des «Couriers» zu überbringen und auf ihre Erledigung zu warten.

Eines Tages machte es mir der Herr von Granow gar zu bunt. Ich beschloß einen kleinen Spaß.
Ich trennte von der Livree meines Jockeys an den auffallendsten Stellen die Tressen ab, riß die Naht auf und schnitt in die Ärmel viele aufklaffende Löcher. In diesem Anzug schickte ich ihn tags darauf mit den Zensurspalten zu Herrn von Granow.
Dieser, der den hübschen, drallen, eleganten Jungen gern sah, sagte: «Aber was ist dir denn geschehen, du siehst ja ganz zerfetzt aus, was ist denn mit deiner Livree vorgegangen?» Darauf erwiderte mein Jockey, wie ich es ihm befahl: «Nichts! Ich hab sie bloß eben aus der Zensur bekommen!»

Zwischenbilanz: Wie alt bin ich denn? Einige lumpige Fünfziger! Und wie viel davon hab ich gelebt?
Davon war ich 14 Tage in Hannover, die können mir doch nicht angerechnet werden?
Dann hab ich 15 Jahre gehofft, es wird in der Welt besser werden, die sind doch rein als nicht gelebt zu betrachten?
Dann hab ich 16 Jahre lang gestrebt, ein vaterländischer Schriftsteller zu sein und Gutes zu wirken, die kann man mir doch nicht anrechnen?
5 Jahre hab ich, gut zusammengerechnet, zugebracht, die Musik in den Zwischenakten des Burgtheaters anzuhören; 3 Jahre hab ich zugebracht, um schlechten Schauspielern beweisen zu wollen, daß sie keine Götter sind; heißt das gelebt?
Also wenn man diese Jahre zusammen in der Summe

von 39 Jahren und 14 Tagen von 56 Jahren abrechnet, so bin ich im Grund ein Jüngling von 17 und 18 Jahren!

### Was man dazu wissen sollte

Saphir war verheiratet. Doch nicht ein einziger Hinweis findet sich darauf in seinen Arbeiten. Zu seinem Vater hatte er schon in seiner Jugend kaum Kontakt. Anders war sein Verhältnis zu seiner Mutter, die er in frühester Jugend verlor. Von ihr sprach und schrieb er immer wieder.
Seine Lieblingsdichter und seine Vorbilder waren E. T. A. Hoffmann und Jean Paul. Besonders diesem versuchte er nachzueifern. Sein «Neues Mitternachtsblatt», das er in München herausgab, hatte den Untertitel «Jean Pauls Schatten».
Zu Goethe hatte er ein gestörtes Verhältnis. In keiner seiner Zeitschriften erwähnte er dessen Tod auch nur mit einer Zeile.

# Zensoren
# Juristen
# Beamte

## Streit mit der Obrigkeit

Man sagt, die Gerechtigkeit ist blind. Sie ist aber nur so blind wie ein blinder Spiegel: Es schaut nichts heraus!

Dic Gerechtigkeit hat nur eine Gegnerin: die Ungerechtigkeit. Das Recht aber hat zwei Gegner: das Unrecht und das Vorrecht!

Dem Deutschen geht's mit den «Rechten» wie mit den Sprachen: Die fremden studiert er, die eigene lernt er nicht kennen.

Es gibt viele Kinder, die ihrem Vater nicht gleichsehen, zum Beispiel: Das spanische Rohr ist der Vater der türkischen Justiz, und das römische Recht ist zuweilen der Vater von manchem deutschen Unrecht.

Man nennt die Advokaten Diener der Gerechtigkeit. Da sieht man die Wahrheit des Sprichwortes: «Man hat keinen ärgern Feind als seinen Diener!»

Die Mama Regierung sagte dem Schriftsteller: «Ich habe eine schöne Tochter, meine älteste, die Zensur. Sie spricht alle Sprachen und spielt alle Streichinstrumente, sie ist sehr häuslich, weiß mit der Schere umzugehen, die geb ich dir, daß sie dich wirtschaften lehre! Du verschwendest zu viel Geist, du gibst unnötig gute Gedanken aus, sie wird dir sparen helfen für die Zukunft!»

## Spass mit Zensoren

Der Anfang meiner literarischen Laufbahn geschah in Pest. Als ich dort zuerst ganz schüchtern wagte, etwas witzig zu sein, wurde ich auf den Magistrat vor den Ausschuß der «Hundert» zitiert. Da wurde mir bedeutet: «Witz ist magistratswidrig», und überhaupt sagte Herr Magistratsrat Weidinger: «Die Stadt Pest braucht keinen Witz, und wenn wir einmal Witz brauchen werden, so werden wir schon hiesige finden, Sie aber sind ein Stuhlweißenburger und haben hier keinen Witz zu machen.»
Der Magistrat verbot mir, witzig zu schreiben, und es hieß in der Verordnung: «Derselbe hat sich in seinen Skripturen des Witzes zu enthalten!»
Ich wurde also von Pest nach Wien gegangen! Da begannen die Konflikte zwischen Polizei und Zensur! Die Zensur wollte haben, ich sollte mich nicht über alles in Wien aufhalten, die Polizei wollte haben, ich sollte mich gar nicht aufhalten!
Graf S. sagte mir ganz naiv: «Sie müssen fort, weil Sie

Talent haben, wenn Sie kein Talent hätten, so wäre an Ihrer Richtung nichts gelegen.»
Ich erbot mich, ehrenvolle Zeugnisse zu bringen, daß ich kein Talent habe, es half nichts: «Sie müssen fort, zurück nach Ungarn.»
Da sagte ich: «Euer Exzellenz waren bis jetzt mit meiner Richtung nicht zufrieden, jetzt bin ich mit meiner Richtung nicht zufrieden. Ich will meine Richtung nicht nach Ungarn, sondern nach Deutschland nehmen!»
Er erwiderte: «Ins Ausland dürfen Sie nicht, da gebe ich Ihnen keinen Paß.»
Ich hatte also kein Geld und keinen Paß. Auf meinen Namen konnte ich beides nicht bekommen. Ich ging also ohne Geld und ohne Paß und kam glücklich und unbestohlen in Berlin an.
In Berlin lebte ich lange unbehelligt von der Polizei, wahrscheinlich, weil sie sah, daß ich kein Talent hatte. Späterhin hatte ich doch Neckereien mit der Polizei. Ich hatte nämlich in einer Schrift über die Berliner Polizei gesagt: «Ich zweifle nicht an ihrem Geiste, ihrer Humanität und ihrer Freisinnigkeit!» Dieses nahm die Polizei hartnäckig für «Ironie». Und ich wurde dafür, daß ich einer Polizei Geist, Humanität und Freisinnigkeit zutraute, auf drei Wochen Arrest verurteilt! Ich schrieb an Seine Majestät und stellte ihm vor, daß ich zu folgender öffentlichen Abbitte erbötig bin: «Ich habe der Polizei Geist, Humanität und Freisinn zugetraut, das verdiene allerdings die gerechte Strafe von sechs Wochen Arrest; allein, ich bitte der Polizei hier-

mit öffentlich ab und erkläre, ich trau ihr weder Geist noch Humanität noch Freisinnigkeit zu; ich werde nie wieder die Berliner Polizei durch eine solche falsche Zumutung bei den andern europäischen Polizeien in Mißkredit bringen!»

Ehe noch dieser Prozeß entschieden war, hat mich die dazumal proklamierte Preßfreiheit des Königs Ludwig von Bayern veranlaßt, nach München überzusiedeln. Als ich hinkam, fand ich, daß die Presse frei war, aber die Schriftsteller waren eingesperrt.

Man durfte über alles schreiben, nur nichts über die äußere Politik, nichts über den Staat, nichts über die Finanzen, nichts über Militär und nichts über Theater, sonst aber war unumschränkte Preßfreiheit.

Man hatte in Bayern damals keine Zensoren, aber «Gesandte», die Gesandten jedes Staates überwachten die Blätter, und so hatte jedes Blatt siebenunddreißig Zensoren des lieben heiligen deutschen römischen Reiches.

Da ewiger Friede war und der Frankfurter Bundsalat aus 38 Häupteln nichts zu tun hatte, als Ferien auszurichten, so war das Geschäft aller andern Gesandten das: den herrschenden Geist aller Länder zu zensieren und ihn in Musik zu setzen, d.h. ihn durch geheime Noten an ihre Höfe abzuleiten.

Ich sollte aber selbst bald «bayerischer Abgesandter» werden, denn ich bekam von der Münchner Sanitätspolizei die Versicherung, daß eine Veränderung des Klimas mir sehr gesund wäre.

Zur Politik: Die Kabinettsorder des preußischen Königs Friedrich Wilhelm III. vom 22. Mai 1815 enthielt den von Hardenberg inspirierten Satz: «Es soll eine Repräsentation des Volkes gebildet werden ...» Dabei blieb es – in den nächsten Dokumenten war nicht mehr vom Volk, sondern von Untertanen die Rede.
Ein Netz von Bespitzelung, Schnüffelei und Polizeiverboten überzog ganz Deutschland. Kein Land machte eine Ausnahme, die Unterschiede waren graduell, nicht prinzipiell.
Die Methoden und ihre «Erfolge» waren in allen Ländern gleich: Fritz Reuter wurde eingekerkert, weil er «am hellichten Tage in einer Universitätsstadt» die deutschen Farben getragen hatte.
Turnvater Jahn machte man den Prozeß wegen Hochverrats, Ernst Moritz Arndt verlor sein Universitätslehramt wegen seiner Schrift «Was ist des Deutschen Vaterland?»
Bis 1825 wurden allein in Bayern 42 Professoren, Studenten, Pfarrer, Ärzte, Juristen zu schwerer Kerkerstrafe bis zu 15 Jahren verurteilt.

Zur Justiz: 1835 wurde ein Gesetz gegen die Kinderarbeit verabschiedet. Es ließ die Kinderarbeit ab neun Jahren zu!
In Wien formulierte Hofrat Gentz, das Sprachrohr Metternichs, seine Vorstellungen über die zukünftige Entwicklung der Untertanen so: «Fürs erste muß das

Turnen wieder aus der Welt; dies sehe ich wie eine Art Eiterbeule an, die geradezu abgeschafft werden muß, ehe man zur gründlichen Kur schreitet.»

Zur Zensur: Am liebsten hätte man einen Satz aus der Wiener Staatskanzlei an allen deutschen Höfen übernommen: «Es soll zur Verhütung des Mißbrauchs der Presse binnen fünf Jahren gar nichts gedruckt werden.»

Das preußische Zensurgesetz von 1819 sagte im Grunde das gleiche, nur etwas ausführlicher: «Gegenstände der Religion, der Politik, Staatsverwaltung und der Geschichte gegenwärtiger Zeit dürfen nur mit Genehmigung von den dafür zuständigen Ministerien behandelt werden.»

In Bayern war man etwas «großzügiger», da durfte immerhin ein Augsburger Leser in der Abendzeitung anregen, das Oktoberfest von München in seine Heimatstadt zu verlegen!

Die Geschichtsbücher wurden aus Untertanenangst zu humoristischen Blättern. Hieß es «Die Franzosen rückten vor», änderte der Zensor in «Die Österreicher wichen zurück» – oder umgekehrt, je nach der augenblicklichen diplomatischen Lage.

In dem Satz «Das Mädchen hatte einen üppigen Haarwuchs» wurde «üppig» ersatzlos gestrichen, und der «Faust» durfte zwar 1838 zum ersten Mal in Berlin aufgeführt werden – nur das Lied «Es war einmal ein Floh» strich der Zensor. Begründung: Könige haben keine Flöhe.

Nur ein Buch, das mehr als zwanzig Druckbogen Umfang hatte, war zensurfrei. Der Publizist Friedrich L. Held nutzte diese Hintertür und veröffentlichte das Buch «Zensuriana». Sein Inhalt: alle ihm von den Zensoren gestrichenen Stellen aus seiner Zeitschrift «Die Lokomotive».

# Herr und Frau Biedermeier geben sich die Ehre

## Gesellschaft und Geselligkeit

Eine Gesellschaft ist wie ein Spiel Karten, je gemischter, desto besser; wenn die Farben und die Matadors alle beisammenstecken, ist's kein unterhaltendes Spiel!

In großen Gesellschaften spricht man von Menschen wie von Büchern, man kennt nichts von ihnen als den Titel und den Namen des Verfassers, aber man urteilt über sie, als ob man sie durchstudiert hätte!

In der Gesellschaft sind die Menschen lauter Buchbinder: Sie binden allen Menschen ihren Titel hinterm Rücken auf.

Anstatt daß sich die Menschen fragen: «Haben Sie sich unterhalten?» fragen sie sich: «Wie haben Sie sich unterhalten?» Und das muß so betont werden: «Wie? Haben Sie sich unterhalten?!» Das aber eben ist das Unglück in unseren Gesellschaften, daß sich die Leute fragen: «Wie haben Sie sich unterhalten?» und nicht: «Wie haben Sie andere unterhalten?»

Man geht in Gesellschaft, um sich nicht zu langweilen; das geschieht auch, man langweilt nicht sich, sondern den andern.

Man kann versichert sein, daß in einer Gesellschaft die Gedanken weniger strapaziert werden als die Kleider!

Man sagt, es gibt keine Riesen mehr. Es ist nicht wahr! Man gehe nur in manche Gesellschaft, da findet man Maulriesen, die mit einer Kinnbacke zehntausend Namen totschlagen.

Die Menschen beurteilen den Menschen liederlicher als ein Theaterstück; bei einem Theaterstück warten sie wenigstens das Ende ab, bevor sie aburteilen, bei einem Menschen aber nicht.

Sagt man etwas Gutes von sich, so glauben's die Leute nicht, und sagt man was Schlechtes von sich, so sagen die Leut': «Das haben wir schon gewußt!»

Sprachen und Menschen haben viel Ähnliches. Die toten Sprachen und die toten Menschen werden höher geschätzt als die lebenden Sprachen und die lebenden Menschen; und von den Sprachen wie von den Menschen ist es vollkommen wahr: «Wem die

Toten gleichgültig werden, dem werden es am Ende die Lebendigen auch!»

Der Mensch lernt oft fremde Sprachen mit Eifer kennen und seine eigene nicht; der Mensch studiert auch oft fremde Menschen mit Eifer, doch seinen innern, eigenen Menschen sucht er selten oder nie kennenzulernen !

Je mehr Sprachen man kennen lernt, desto mehr Lust bekommt man, noch mehr Sprachen kennenzulernen; je mehr Menschen aber man kennen lernt, desto weniger Lust bekommt man, noch mehr Menschen kennenzulernen.

Wenn jetzt Diogenes mit einer Laterne herumginge, um einen Menschen zu suchen, würde er wegen unnützen Lebenswandels ausgewiesen werden!

Wenn die Spartaner wie wir zwei Westentaschen, zwei Hosentaschen, drei Fracktaschen und fünf Oberrücktaschen gehabt hätten, sie hätten auch mehr gestohlen!

Eine der elendesten Redensarten der Menschen ist: «Dieser Mensch verdient kein Mitleid!» Mitleid und verdienen! Mitleid muß man schenken.

Was ist gegen Verleumdung zu tun? Nichts! Gegen Verleumdung und rasende Tiere gibt es nur ein Mittel: Man legt sich still, wie maustot auf die Erde, hält den Atem an und läßt sie über sich weglaufen.

Der Schullehrer fragte: «Wenn mich jemand von rückwärts in den Bach stößt, was ist dieser Mann?» Der Knabe erwidert: «Das ist mein Feind!» – «Bravo, mein Sohn», erwidert der Schullehrer, «und wer ist dein Freund, mein Sohn?» – «Mein Freund ist, der mich von vorne hineinstößt!»

Zeitgeist! Unter allen Verbindungen und Ehen, welche die deutsche Sprache stiftete, ist keine so unpassend und unglücklich ausgefallen als die Vermählung der Zeit mit dem Geiste. Eine wahre Mesalliance, denn die Zeit ist bürgerlich und einfach, und der Geist ist vom höchsten Adel!

Die Welt wird von drei Regenten regiert. Die Liebe regiert die Welt, die Dummheit regiert die Welt, und das Geld regiert die Welt, und wo viele regieren, muß die Welt zugrundegehen.

Mit dem Nordländer muß man erst denken, um zu begreifen, wie er fühlt; mit dem Wiener muß man erst fühlen, um zu begreifen, wie er denkt.

Minister sind Baumeister am Staatsgebäude, aber sie kommen meistens vor lauter Plänen zu keiner rechten Arbeit; gewöhnlich helfen sie sich mit Flicken und verstehen am besten das Verputzen.

Inwiefern sind Minister und Pantoffel sich oft so gleich? Man gewinnt beide oft erst dann lieb, wenn sie abgetreten sind.

Der Schlaf ist eine der schönsten Tugenden vieler Herrscher, darum beginnen auch die meisten Erlasse: «Wir haben geruht!»

Man sollte glauben, wenn so ein Regent lange geruht hat, steht er endlich auf zur Arbeit; es ist aber nicht wahr: Wenn die Fürsten gar zu lange geruht haben, stehen die Völker auf!

Wo ist eine Sonne, die nicht auch Kröten ausbrütet, wo eine Freiheit, die nicht mißbraucht wird, und sind deshalb Sonne und Freiheit der Finsternis und der Knechtschaft hintanzusetzen?

Es sind nicht alle frei, die ihrer Ketten spotten!

Warum gibt es in Sibirien keine Krebse? – Weil an ein Zurückgehen von dort gar nicht zu denken ist.

Mit dem «ewigen Frieden» ist's, wie wenn man mit seiner Frau in eine Seidenhandlung geht und Stoff auf ein Kleid begehrt. Der Kaufmann zeigt einem Stoff und sagt: «Das ist für die Ewigkeit.» Wenn man im Vertrauen auf diese Ewigkeit den Stoff kauft, so sagt der Kaufmann: «Nehmen Sie lieber etwas mehr Stoff, für den Fall, daß etwas zerreißt!»

Unsere Propheten versprechen uns von der «Zukunft» die vollste Freiheit; darum bleibt die schöne Braut «Freiheit» stets bloß unsere «Zukünftige», aber zur wirklichen Hochzeit kann es deshalb nicht kommen, weil von beiden Seiten nicht getraut wird!

## Was man dazu wissen sollte

So mundtot diese Zeit politisch war, so harmlos die Vergnügungen waren – eines gelang ihr: Sie entwickelte einen eigenen Stil. Das war nur möglich auf der Grundlage einer Allgemeinbildung, wie sie so umfassend nie vorher und auch nie nachher in Deutschland wieder erreicht wurde.

Das Kaffeehaus kam in Mode, nicht nur in Österreich, wo es längst fester Bestandteil, Mittelpunkt des geselligen Lebens war.

Es war nicht nur der Kaffee, der die Menschen ins Café lockte, sondern auch der Tabak. Rauchen auf der Strasse war verboten, und die Frauen, die in den Wohnungen den Ton angaben, retteten ihre Gardinen vor Zigarren- und Pfeifenqualm, indem sie die Männer ins Kaffeehaus schickten.

Außerdem kam seit 1817 ein neues Kartenspiel aus Thüringen an die Stammtische: der Skat. Er löste den bis dahin üblichen «Schafskopf» ab. Nur in Bayern und Österreich hielt sich das Tarockieren.

Was für die Herren das Kaffeehaus war, wurde für die Damen die Soiree. Musik-, aber auch Vortragsabende kamen in Mode. Saphir war einer der ersten vortragenden Literaten, sein Publikum war vorzugsweise weiblich, was ihn zu dem Bonmot brachte: «Der Saal faßte nicht die Hörerinnen, und diese faßten nicht den Vortrag.»

# Im Sprachfluß treiben Wort und Witz

Literatur, Stil, Pointen

Die Poesie ist das Zerreißen eines Schleiers, welchen das Endliche auf dieser Erde um das Unendliche hüllt.

Das darstellende Werkzeug des Gedankens ist das Wort. Das Wort liegt in den Fesseln der Zeit. Es ist an ihre Formen festgebunden.

Die Griechen waren die ersten Philosophen der Welt. Sie konnten es auch leichter werden als die Deutschen, denn sie brauchten weder Griechisch noch Deutsch zu lernen.

Gute Gedanken, in der Muttersprache gelesen, heißt gutes Obst von selbstgezogenen Bäumen pflücken. Diese Gedanken in einer fremden Sprache lesen heißt sie von Obsthändlern kaufen.

Die deutsche Sprache ist wie der deutsche Mann, sie spricht nicht viel, aber sie schlägt drein.

Darum liefert der Deutsche eine einsilbige «Schlacht», das ist ein kleines Wörtchen, aber es schlachtet en gros.
Die französische Sprache liefert uns dafür eine dreisilbige «bataille». Nur kann man sich der Bemerkung nicht erwehren, daß zwei Drittel der «bataille» an die «taille» erinnern.

Die deutsche Sprache gefällt sich in barocken Zusammensetzungen; so hat sie zwei kurios zusammengewachsene Wortkinder, «geistreich und armselig». Welche Zusammenstellung! Wer Geist hat, ist selten reich, wer arm ist, ist nie selig!

Wie arm und wie wenig produktiv unsere originell deutsche dramatische Literatur sei, wurde schon oft, und ebenso oft mit Recht, beklagt. Es scheint wirklich, als hätten wir Deutsche zu allem mehr Sinn als zum Dichten eines Dramas. Italien, Spanien und vor allem Frankreich haben eine nationale dramatische Literatur, nur den Ländern deutscher Zunge scheint die nationale zu mangeln. Lessing, Schiller, Goethe und Holberg, alle lehnen sich entweder mehr an die Literatur dieses oder jenes eben genannten Landes an.

Es ist mit Büchern wie mit Kindern; man sagt oft, das Buch sieht seinem Autor nicht ähnlich! Es sieht ihm schon ähnlich, wenn wir den eigentlichen Autor nur wüßten!

Die Gewohnheit ist unsere Amme. Wir sind es gewohnt, den bildlichen Zeichen Leben unterzuschieben; so geht es uns mit den Interpunktionen:
Das Fragezeichen (?) kommt uns so vor, als ob es den Mund aufspannte, etwas zu fragen, und in der gekrümmten Stellung unsere Antwort abwartete.
Das Ausrufungszeichen (!) ist ein unten zugespitzter Empfindungsbolzen, der gerade nach unserem Herzen zielt.
Der Schlußpunkt (.) ist ein Feldbett, das man auf dem Ideenmarsche mitnimmt und es manchmal aufschlägt, um frisch Atem zu schöpfen.
Die Pause (–) ist das Gedankenkanapee, auf dem wir, uns dehnend, das Gedachte verdauen und das Unverdauliche langsam wieder aus dem Kopf bringen können.
Wo in einem Satze der Sinn halb ausgeht, da kommt ein Komma (,); wo der Sinn dreiviertel ausgeht, da kommt ein Semikolon (;); wo der Sinn ganz ausgeht, da kommt ein Punkt (.); wo der Sinn gar nicht mehr geht, da kommt die Pause (–); wo der Sinn erst nachkommen soll, da kommt ein Doppelpunkt (:); und wo der Sinn Mitleid erregt, da kommt ein Ausrufungszeichen (!).

Warum sagt man «überhaupt» und nicht «überkopf»? Wo liegt der Unterschied zwischen Haupt und Kopf? Warum sagt man: «Ich muß das behaupten» und nicht «Ich muß das beköpfen»? Warum sagt man «köpfen» und «enthaupten» und nicht auch: «Der ist gehäuptet worden oder entköpft»? Warum forscht man bei allen Dingen nach der Haupt-Ursache und nie nach der Kopf-Ursache?

## Wörter auf den Weg gestreut

Abendrotschleppe
Dialogsauce
Episoden-Ei
Fragendonnerer
Forellenüberschwenglichkeit
Gasthausunsterblichkeit
Gefühlsfaden
Geschmacksschmarotzer
Geduldsarche
Haarnadeleien
Handlungsbeflissenheit
Jubelminuten
Knallerbsen-Moment
Lebens-Zisterne
Oktavbissen
Phlegmatische Luft
Rippenzerschmetternde Zärtlichkeit
Roßgedächtnis
Runkelrüben-Prosa
Sauerampferlächeln
Schneckengedanken
Schnörkler und Versler
Schwebefäuste

Seifenblasen-Gottheit
Seifen-Gedanken
Tränen-Wolkenbrüche
Tränenpfropfenzieher
Wolkentreter
Wortblutwurst

## Blitzlicht der Selbsterkenntnis

Ich bin so durch und durch matt und ekelmüde, daß ich nicht weiß, ob du schuld bist, mein freundlicher Leser, daß wir so zu schreiben genötigt sind, oder ob wir schuld sind, daß du so zu lesen gewohnt bist!
Sage mir, lieber, freundlicher Leser, bist du denn von Natur so verflacht, so sinn- und herzblöde, daß du nichts willst als den ewigen Abhub des Augenblicks, daß dich nichts ergötzt, als was du wie einen Zahnstocher gebrauchen kannst zwischen Essen und Verdauen, in nichtsdenkender Behaglichkeit?
Daß dich nichts angenehm und sympathisch berührt als die journalistischen Korkstöpsel, die hübsch auf der Oberfläche des geistigen Meeres herumtreiben, nichts als der Nesselausschlag der Literatur, der in sechsunddreißig Stunden verschwunden ist?
Oder sind wir Journalisten nicht vielmehr die unwürdigen Kindsweiber und Journal-Ammen, die dich aufgezogen haben mit dem Zuckerwasser der Flachheit, mit dem Brei des artistischen und geselligen Tritsch-Tratsch?

Sind wir es nicht vielmehr, wir Journalisten, mit unserem Eintagsfliegengedächtnis, mit unserer Schmetterlingsausdauer, mit unserer Maulwurfsscharfsichtigkeit, die wir die Beredsamkeit eines Stars verbinden mit der Abwechslung eines dressierten Raben, die wir die Tiefe eines Regenwassersees verbinden mit der Schärfe eines Schafkäses, die dich, mein lieber, freundlicher Leser, so dazu großgezogen haben?
Wir Journalisten, die die Hühneraugen der Zeit ausschneiden mit einer Grimasse, als ob wir dem Weltengeist die Glieder einrichten wollten!
Wir, die wir Rechenschaft halten und ablegen über die abgeschabten und abgeschnittenen Nägel des Augenblicks und dabei Phrasen zupfen und mit den Nüstern dampfen, als ob wir eine große Zukunft herausschnitten aus dem aufgetriebenen Leibe der Gegenwart!
Wir, die wir eine Theaternotiz einbalsamieren wie einen ägyptischen König. Wir, die wir eine Pirouette einschlagen in Lorbeeren und Unsterblichkeit; wir, die wir einen Klavierlauf überbauen mit Regenbogen und Sonnenstrahlen!
Wir, die wir ein zerrissenes und wieder ganz gemachtes Taschentuch heute mit eben jenem süßen Wahnsinn vergöttern, mit dem wir gestern den Sänger der Ilias vergötterten!

Der Witz, der wahre Witz ist wie der Sturmwind, nur die kleinen Lichter bläst er aus, die großen facht er an. Der wahre Witz ist nur die Verkürzung des Ausdrukkes. Der falsche Witz ist die Verkürzung des Gedankens!

Der Witz spricht bloß mit den Anfangsbuchstaben, er apostrophiert alle Weitschweifigkeit. Der Leser weiß im Nu, was und wie. Und damit das Urteil im Gedächtnisse des Lesers nicht in Fäulnis übergehe und verwese, salzt es der Witzige ein, damit es sich frisch und lebendig erhalte. Das ist es, was den Witz so gefürchtet macht...

Es gibt drei Dinge, welche alle andcren Dinge in der Welt gleich zu machen suchen: Witz, Wein und Weiber. Diese drei Gewalten haben schon viele Unterschiede und Klüfte aufgehoben.

Den echten Witz und den echten Humor erkennt man wie den echten Wein daran, daß er im Alter besser wird und milder.

Es ist mit dem Witz wie mit dem Geld; wer viel besitzt, gibt gerade soviel aus, als nötig; wer gar keines hat, der klappert mit dem bißchen, das er sich ausgeliehen hat.

Witz und Geld vertragen sich nicht miteinander. Das Geld muß man suchen, der Witz darf nicht gesucht sein.

Die Gelehrsamkeit ist ein Schlüssel zu diesem oder jenem amtlichen Sperrsitz. Der Witz hingegen ist ein Dietrich, er sperrt alles auf. Er schlüpft durchs Schlüsselloch, während die Polizei die Klinken versiegelt; er geht nicht den gebückten Gang durch den engen Korridor zum Staatsalmanach, sondern er saust auf Schlittschuhen über die glänzende Spiegelfläche des Lebens hin zu dem Strande, der dem schwerfälligen Linienschiff des trockenen Verstandes unerreichbar bleibt.

Es gibt Residenzen, die einen Grundton von Witz haben, z. B. Berlin und Wien. In Berlin werden nur vormittags Witze gemacht, in Wien nur nachmittags, denn die Berliner sind nur witzig, wenn sie hungrig sind, und die Wiener sind nur witzig, wenn sie satt sind! Der Wiener Witz kommt aus einem vollen Magen, der Berliner Witz aus einem hungrigen Magen, deshalb ist er auch beißender.
Der Österreicher ist so sehr witzig, daß er aus lauter Witz zuweilen boshaft wird; bis er vor lauter Bosheit am Ende sogar witzig wird.

Es ist auffallend, daß die Juden den Witz fast ausschließend – wie den Handel – an sich gebracht haben. Das «Warum?» und «Wieso?» liegt vielleicht nicht so fern, als man glaubt. Schon, weil man durch die Zensur den Witz fast überall beschneiden läßt, hält er sich selbst für einen Juden und hält zu seinen Glaubensgenossen.

Warum gibt es keine Anstalt für herumlaufende, herrenlose Gedanken, namentlich für herrenlose Witze? Manchmal läuft ein Witz in der ganzen Stadt herum, kein Mensch weiß, wem er gehört. Wäre es nicht billig, daß jeder herumlaufende Witz ein Halsband haben müßte mit dem Namen seines Herren und der Hausnummer, von welcher er ausging?
Oder noch besser, jeder Mensch müßte seinen Witz an einem Stricke führen, und so wie man manchmal nicht weiß, führt der Herr den Hund spazieren oder führt der Hund den Herrn spazieren, so weiß man manchmal auch nicht, führt der Mann den Witz oder führt der Witz den Mann!

## Was man dazu wissen sollte

In jenen Jahren formierte sich der Berliner Witz und fand seinen literarischen Niederschlag bei Glasbrenner, der dem Eckensteher Nante zu Ruhm verhalf.
Der Lesehunger wurde durch zwei Einrichtungen auf breiter Ebene geweckt und gestillt: durch die Gründung privater Leihbüchereien und durch eine Flut von Zeitschriften und Magazin-Neugründungen.

«Ivanhoe» von Walter Scott war der Bestseller aller Leihbüchereien, und zu keiner Zeit ist wohl in allen Ständen so viel und so wahllos gelesen worden, wie damals im Biedermeier.
Doch die Schriften von Börne, Heine, Laube und Gutzkow waren bis 1842 verboten.

# Freund und Feind durch die Feder vereint

## Schriftsteller

Warum ist ein Pferd, der Pegasus, das Sinnbild der Schriftsteller? Weil die Schriftsteller eine Roßnatur haben müssen, weil sie mit dem Kappzaum um den Mund, mit dem Gurt um den Leib, mit Eisen an den Füßen desto leichter ausgleiten, je schärfer sie beschlagen sind, weil sie kaum Heu zu essen haben und doch vor frohem Mute nicht wissen, wo sie der Hafer sticht!

Es geht den Schriftstellern mit den Gedanken wie den Männern mit ihren Frauen. Es kostet weniger, zehn Frauen zu ernähren, als eine zu kleiden, und so ist's mit den Gedanken auch: Die Schriftsteller fassen eher zehn Gedanken, bis sie einen stilistisch kleiden können.

Man sagt, es ist schwer zu stehlen, wo der Herr selbst ein Dieb ist. Warum? Darum: Wenn jemand von einem ehrlichen Manne in Wien stiehlt, so kann er die

Sache ruhig in Pest verkaufen. Wenn aber jemand von einem Diebe stiehlt, so weiß er nicht, wo jener diese Sachen gestohlen hat, und er weiß auch nicht, wo er sie ohne Gefahr verkaufen kann.
So ist's auch mit dem Gedankenstehlen. Es ist sehr schwer, einem Schriftsteller einen Gedanken zu stehlen, wenn der Schriftsteller selbst ein Dieb ist, denn man weiß dann nicht, wo man diese Gedanken ruhig drucken lassen kann. Deshalb bestiehlt man nur die Alten; die jetzigen Literaten untereinander bestehlen sich nicht, denn es könnte ihnen geraten, daß sie sich gegenseitig sagten: «Diesen Gedanken, den Sie gestohlen haben, den hab' ja bereits ich gestohlen!»

Der wahre Dichter, sagt man, muß geboren werden. Jawohl! Bei dem jetzigen Zustand unserer Dichter muß man sagen: die wahren Dichter müssen noch geboren werden!

Warum fürchten so viele Schriftsteller den Tod so sehr? Weil sie jenseits ganz leer ankommen werden, denn der Mensch nimmt nichts mit als seine guten Werke.

Viele Menschen lieben die Dichter so, wie sie den Käse lieben, d.h., sie finden ihn nur dann erst gut, wenn er von den Würmern angegangen wird.

Viele Menschen wissen nicht, daß ein Schriftsteller lebt, bis sie es durch seinen Tod erfahren.

Die guten Dichter entwerfen in ihren Liedern das Bild ihrer Geliebten, die mittelmäßigen ihr Porträt, die schlechten ihren Steckbrief.

Wenn unsere jungen Dichter unglücklich lieben, so wollen sie alle ins Wasser springen. Allein, sie schreiben sich erst das Wasser dazu.

Die französischen Schriftsteller leben in der Welt, die deutschen in der Stube. Der französische Philosoph denkt für die Menschheit, der deutsche Philosoph für das abgezogene Ideal der menschlichen Wesenheit.

Was ist ein deutscher Dichter? Die juste Milieu zwischen Lump und fadem Patron, nichts als ein fades Geknete von Selbstzucht, Faulenzerei und Inkonsequenz.

Die Erbärmlichkeit ist nie erbärmlicher, als wenn sie die Feder führt, und die Feder ist nie fader, als wenn sie der Erbärmlichkeit das Wort führt. Das Erbärmlichste aller Erbärmlichkeiten ist die gegenseitige Lobhudelei, die unter talentlosen Schriftstellern stattfindet.
Mögen sich die schlechten Skribenten also immerhin anonym und pseudonym gegenseitig mit dem Rauchfaß unter die Nase fahren, das Publikum hat eine Nase, die durch Rauch und Qualm sehr wohl zu unterscheiden weiß, ob hinter dem Rauch wirkliches Feuer oder bloß Stoppelflamme ist.

Nur haltlose Mittelmäßigkeit, schreibende Oberflächlichkeit, kurz, die Dutzendschreiber, Schriftlöhner und Ellenverfasser können, wie alle Schwächlinge, nur durch gegenseitigen Halt ihren Produkten, diesen Apropos-Geburten, die Dauer des Augenblicks geben. Sie stempeln sich gegenseitig zu großen Talenten, eminenten Geistern, zu Genies, zu Shakespeares, zu Schillers, zu Goethes; das lächerlichste an der Sache ist, daß sie es zuletzt selbst vergessen, daß sie sich selbst loben und sich am Ende wirklich für Goethe usw. halten.
Diese geistlosen und mittelmäßigen Skribenten kommen mir vor wie ein paar Bettler, die miteinander ausmachen, sie wollen sich gegenseitig nur mit entblößtem Haupte und nur mit dem Titel: «Sire! Eure Majestät, Kaiserliche Hoheit!» anreden.

Man soll keinen Autor rezensieren, bevor man nicht mit ihm gegessen hat, um zu sehen, wie viel er vertragen kann.

Man irrt sich, wenn man glaubt, die Schriftsteller werden deshalb verfolgt, weil sie schreiben oder denken. O nein! Sie werden bloß verfolgt, weil sie soviel Papier verderben und die Staaten alles Papier selbst brauchen, um Geld daraus zu machen!

Von den Toten soll man nichts als Gutes sagen. Den Schriftstellern gönnt man nur darum Unsterblichkeit, um ihnen nie etwas Gutes nachsagen zu müssen.

Was Goethes Gegner ihm zum Vorwurf machen, nämlich, daß er der Dichter der Gegenwart ist, das macht ihn durchaus lyrisch; denn nur in der Gegenwart offenbart sich das Gefühl am klarsten, am anschaulichsten.

Goethe ist das ganze, vollständige Orchester der deutschen Poesie. Alle andern sind nur einzelne Saiten- oder Blasinstrumente, mehr oder minder besaitet, von größerem oder kleinerem Umfange.

Jeder unserer Dichter, namentlich Lyriker, hat einen einzelnen Grundton, den er stets anstimmt, deshalb sind sie begrenzt; Goethe ist unbegrenzt, in ihm ist Instrumentalmusik und Singstimme zugleich.

Goethes Statue in Frankfurt am Main haben sie mit großem Scharfsinn aufgestellt, Goethe kehrt nämlich der Kunstanstalt, dem Theater, den Rücken zu.

Frankfurt am Main setzt Börne deshalb kein Denkmal, weil es nicht weiß, wie es seine Statue setzen soll, d.h. welcher Seite in Frankfurt er nicht den Rücken zukehren sollte.

Von Börne muß man sagen: «Der Teufel soll ihn holen!», aber man verspürt Lust, sich mit holen zu lassen, um in geistreicher Gesellschaft zu sein.

Sein Lebtag ist in deutschen Setzkästen kein solcher Verbrauch von dem Wörtchen «Ich» gemacht worden, als bei Börne. Sein Ich geht immer drei Schritte vor ihm her und kommt sogleich wieder hinter ihm. Zwar soll diese Ich-Manie Selbstironie sein, allein durch die Löcher dieser Selbstironie sieht die klarste Selbstanbetung nur zu deutlich heraus.

Börne konnte in Berlin kaum zu Atem kommen. Ihn umgab eine Ehrengarde von Schriftstellern, die sich regelmäßig ablösten, und er sagte zu mir: «Berlin kommt zwar zu mir aufs Zimmer; allein, ich möchte auch einmal Berlin sehen und nicht nur mir's zeigen lassen.»

Börne hat sich nach Deutschland gesehnt, sein geschriebener Zorn über Deutschland ist nichts als sein deutsches Heimweh, welches er in Salz und Säuren frisch erhielt, welches er mit Witz und Spott zu betäuben, fortzujagen trachtete.

Börne, wenn er an der Spitze aller deutschen Schneidergesellen, die er auf dem Montmartre haranguierte, nach Deutschland gezogen wäre, er hätte redlich Wort gehalten, er hätte Deutschland ganz ausgerottet, mit Stumpf und Stiel; Caligula wäre ein sanftes Kind gegen Börne.
Was Börne dann in dem ausgerotteten Deutschland begonnen hätte, weiß ich nicht. Wahrscheinlich hätte er «Briefe aus dem ausgerotteten Deutschland» ge-

schrieben und sie an Hoffmann und Campe verkauft. Denn «Hoffmann und Campe» hätte er allein leben lassen, damit sie Börnes Briefe drucken können.

Heine hingegen wäre auch an der Spitze der Schneidergesellen ausgezogen, gen Deutschland. Allein nicht um der Freiheit willen, sondern um sich auf dem Wege über die Schneidergesellen recht lustig zu machen und «Schneider-Reisebilder» zu schreiben.
In der ersten deutschen Stadt angekommen, da wäre ein deutsches Mägdlein gesessen an dem Tore der gottverfluchten Stadt, die noch nie eine Revolution machte – ein Mägdlein mit großen, blauen Augen, mit erfahrenen Gliedern, mit begehrlichen Lippen, mit der wogenden, schwellenden, duftigen Blume des Fleisches und des Leibes – und hätte den unbezwingbaren Anführer angesehen mit den luftatmenden Augen, und Heine hätte gesagt: «Gnade dieser Stadt um deinetwillen!»
Und so wäre er durch ganz Deutschland gegangen, und Heine hätte sich an die Babelströme Deutschlands niedergesetzt zu den wohligen, heimatlichen, deutschbusigen Frauen, hätte die Leier an die Zypressen und sich an die Frauen gehängt und hätte in einer köstlichen, humoristischen und sarkastischen Anrede die Schneidergesellen aufgelöst und Deutschland begnadigt der Deutschinnen halber.

Ich kann Heine nicht lesen, ohne auf vielen Seiten ihm gerne um den Hals zu fallen; ohne seinen Genius zu küssen; ohne seine reiche, herrliche, volle dichterische Pulsader himmlisch pulsieren zu hören; ohne seinen Scharfsinn und seinen regenbogenschimmernden Witz zu bewundern – allein, ich kann es auch nicht eine Minute lang dahin bringen zu glauben, daß er selbst wirklich das fühle und glaube, was er schreibt.

## Besuch in Heines Matratzengruft

Er ließ die Fenstervorhänge zurückschlagen, und ich Heines Angesicht deutlich. Ein wahres leidendes Lazarus-Angesicht. Hohle, bleiche Wangen, spärliches Haar, der Bart weiß und struppig, die Stirne weit hervortretend und die Augen tief in ihren Höhlen zurückgezogen und zugedeckt.
Heine ist schlaflos und braucht die Nacht hindurch unzähligemal die Bedienung zu hundert Dingen, und doch darf kein Licht im Zimmer sein, und auch kein lebendes Wesen kann er des Nachts um sich dulden. Er muß allein sein! Allein wach mit seinen Schmerzen, mit seinen Leiden, aber auch mit seinen Gedanken und wachen Träumen.
Er ist verheiratet, seine Frau habe ich nicht gesehen, hab' auch den Wunsch nicht geäußert. Sie soll eine stattliche, starke Person sein. Das ist alles, was ihre Biographen von ihr wissen – oder aussagen.

Heine muß mit der einen Hand sein Augenlid in die Höhe heben, wenn er jemand sehen will.

Aber in diesem Augenblick, wenn er den Vorhang von seinem Auge aufzieht, bietet dieses ein Theater, mit griechischem Feuer beleuchtet. Dieser Blick ist noch Licht, dieses Licht ist noch ein Strahl und dieser Strahl bringt noch ein Prisma voll farbiger Gestaltung und Eindrücke.

Heine ist ganz und gar der alte Heine, um 30 Jahre älter, um 50 Pfund leichter und viele Zoll kürzer, um ein Auge ärmer, um zwei Füße von der Gicht betrogen, von Amor im Stich gelassen und von Eros bestraft, aber es ist doch der alte Heine an Geist und Gedanken, an Wort, Ausdruck, Gefühl und Empfindungsweise.

Die irdische Vase ist zertrümmert, der Henkel abgebrochen, der Sockel zermürbt, die Farben abgeblaßt, aber das Potpourri der poetischen Blumen, die Blätter und Blüten in dieser Vase sind geblieben. Die Rosen und – die Dornen.

Ach, es ist schade, daß dieses Genie an nichts glaubt, nicht einmal an sich, und das ist der schlimmste Unglaube! Wer an sich selbst nicht glaubt, glaubt nicht an Gott; denn jeder Mensch muß ein Stück Gottheit in sich glauben. Heines wundervolle, sinnige, blendende Poesie hebt die Erde zum Himmel empor, aber leider verpflanzt sie auch den Himmel auf die Erde!

## Zeitgenossen und Kollegen

Als E. T. A. Hoffmann das Rückenmark gebrannt bekommen hatte, sagte er zu Chamisso, der ihn gleich darauf besuchte: «Riechen Sie den Teufelsbraten! Ich bin geschmort worden!» Das ist ein gräßlicher Humor, aber er flößt Respekt ein. Der Humor, der mit dem Teufel ein Wettrennen beginnt, der muß, wenn er verliert, mit Humor zum Teufel gehen!

Racine, Corneille waren glänzende Talente, aber keine Genies, und Voltaire war nur in seinen andern Schriften, aber niemals in seinen Tragödien ein Genie!

### Ein Morgen bei Dumas

Es war neun Uhr morgens, als ich zu Dumas (Vater) kam. Er lag auf dem Boden auf einem Teppich, streckte mir die Hand entgegen: «Ah, mon cher Saphir!» sprang auf und setzte sich zu mir auf den Diwan. «A présent je suis tout à vous!» Aber kaum hatten wir zehn Worte gewechselt, da fing die Wallfahrt der Besucher an.

Zuerst der Herzog von Schleswig-Holstein, den wir am Vorabend beim Prinzen Napoleon sprachen und der sich bei Dumas die Gunst erbat, ihn besuchen zu dürfen.

Kaum sind sechs Minuten verflossen, kömmt ein Präsident, dessen Namen ich vergaß, «rien que deux mots, cher Dumas!». Die zwei Worte werden zweihundert. Ich will gehen, Dumas sagte: «Non, mon cher Saphir, à présent je suis tout à vous!» Nach einigen Augenblicken kömmt Mademoiselle Dash, eine Schriftstellerin, und bittet nur um zwei Worte. Währenddessen kömmt der Verleger der «Histoire de ma vie» und verlangt fürs Feuilleton die Fortsetzung. «A l'instant!» sagt Dumas, setzt sich nieder und füllt schnell einen langen halben Bogen und gibt ihn mit.

Nun aber will ich wirklich gehen. «Non, nous causerons encore!» Da kommt wieder jemand, wer ist's? Der Maler B. aus Brüssel hat mit dem Brüsseler Expositions-Kommissär Worms de Romilly einen Ehrenhandel, Dumas soll sekundieren. Dumas akzeptiert, schreibt an den Sekundanten des Gegners und setzt sich wieder zu mir.

Wir beginnen unser Gespräch kaum, kömmt Méry und wünscht, Dumas möchte abends der Probe seines Stückes beiwohnen, da er der Sache so ungeheurer Meister ist. Méry geht, nun hoffen wir, allein zu sein, umsonst! Die Erben der Madame Dorval (eine der ersten Tragödinnen Frankreichs) schicken ihm eine Bibel, welche einen Teil ihrer Lebensgeschichte ausmacht, er soll sie in Augenschein nehmen und in der Biographie schildern!

So wird's elf Uhr, ich will nun endlich im Ernst gehen: «O non, vous déjeunerez avec moi!»

Wir steigen hinab in den Gartensalon zum Frühstück. Aber Dumas ist selbst Koch. Er macht sich sein «Filet aux pommes» selbst; indessen besah ich die Tapeten usw. Nun kömmt Dumas mit seinem neuesten Werk, welches der Bediente hinter ihm her dampfend nachbringt.

Wir setzen uns zu Tische, da steht Schinken, Kälbernes, Rostbœufs, Melonen, Filet, Omelette, Bordeaux, Tee, Kaffee und Liqueure. Wir wollen uns ans Geschäft machen, aber noch nicht! Man bringt eine Ladung köstlicher Blumen- und Pflanzengeschirre, die eine nicht genannt sein wollende Dame Dumas für seinen Garten schickt.

Dumas springt auf, ruft seinen Gärtner, aber voll Ungeduld streift er die Hemdärmel auf und fängt an, die Blumentöpfe selbst in die lockere Erde seines Gartens zu setzen. Ich, nicht faul, helfe ihm, und wir kehren, mit Händen voll Gartenerde, in den Speisesaal zurück.

Wir beginnen das Frühstück, aber ich sehe, Dumas ist voller Unruhe, er schaut hin und her, ihm fehlt etwas! Er ruft den Bedienten, ihm fehlen seine Mitesser.

Der Bediente öffnet eine kleine Gartentüre, und es hüpfen und flattern herein kleine Perlhühnchen, Wildenten, Schopftauben, und sie umringen den Sessel Dumas', und Dumas ist seelenvergnügt. Er kann nicht frühstücken, ohne diesen Gartenbewohnern Brot und Futter von seinem Tisch gestreut zu haben. Es fehlt ein kleines Entchen! «Wo ist das kleine Entchen?» – Der Diener sagt, es sei ihm was Menschliches begegnet. Dumas ist untröstlich, das Frühstück schmeckt ihm nicht mehr.

Von Eichendorffs «Taugenichts» bis Dumas «Kameliendame» reichte die literarische Produktion. Die «Salons» blühten in Berlin, in denen Talente aus allen künstlerischen Bereichen zusammengeführt wurden. Während in Berlin die Romantik sich stärker aus dem Naturerlebnis entwickelte, war sie in Wien eher katholisch-historisch eingestimmt. Goethe konnte sich mit keiner der beiden Richtungen befreunden. Die Abneigung scheint – bei einigen jedenfalls – gegenseitig gewesen zu sein. «Der alte Kerl fängt an, mir recht zuwider zu werden, je mehr seine innere Schlechtigkeit ans Licht kommt.» So schreibt Schlegel in einem Brief aus Wien über den Weimarer Geheimrat.
Meyer gibt zum ersten Mal sein Konversationslexikon heraus. Diese Nachschlagewerke waren schon seit Jahren begehrt. Doch erst durch Meyer erhalten sie wissenschaftliche Seriosität. In einem der frühen Lexika findet sich folgende Definition für Defloration: «Das Aufblühen im Allgemeinen, im besonderen auch Schwächung einer Jungfrau.»

# Ketzer im Parkett

Theater, Musik, Kritik

## Wurstel-Dramaturgie

Im «Wurstelprater» vor einem «Wurstel-Theater», da ist die Schule der Kritik, wie sie sein soll. Bei diesen Dichtern beruht das Drama noch auf dem Zwiespalt der gemeinen Lebensmächte mit einer äußeren feindlichen Macht, wie z. B. der Hanswurst mit dem hausierenden Juden.

Wie ungeschickt steht Hamlet da gegen diesen Hanswurst! Im Hamlet geht die eigentliche Individualität im grübelnden Denken unter, seine Rache fällt vernichtend auch auf ihn, während der Hanswurst sogleich die Aufgabe des Lebens, der Aufklärung und seine erkennt: den Juden totzuschlagen!

Jedoch ich will dem Gange des ganzen nicht vorgreifen, und werde Schritt um Schritt dem Gange der Dichtung und der Darstellung folgen.

Im Anfang erscheint Hanswurst und sein Vertrauter, jeder mit einem eisernen Hammer. Der Hammer tritt als Prologus auf, indem er auf dem Amboß unermüdlich forthämmert, die Hämmer bedeuten die zwei

Prinzipien der modernen Tragödie: die Nationalität und der Germanismus in ihrem Niederschlag.
Nach dieser Exposition der zwei Hämmer, welche auch vielleicht ganz einfach anzeigen: «Klappern gehört zum Handwerk», beginnt das eigentliche «Wursteldrama».
Die Sage *vom* «Faust» und vom «ewigen Juden» ist in ihm zu einem Mythos zusammengeschmolzen. Der Jude wird ewig geprügelt, beim Eingang, beim Ausgang, in den Dialogen, kurz, wo er sich sehen läßt, aber er wird aus dramatischer Gerechtigkeit geprügelt.
Er tritt auf und hat einen Bündel unter dem Arm. Dieser Bündel ist sein Schild, an diesen Bündel knüpft sich der tragische Gang des Dramas.
Der Jude, der Wurstel und der Bündel, oder Egmont, Alba und die Niederlande, oder Fiesco, Doria und Genua, oder Götz, Weislingen und die Ritterzeit – es ist dieselbe Tendenz, dieselbe weltgeschichtliche Abspiegelung im kleinen.
Kaum tritt der Jude mit seinem Bündel auf, schon beginnt die «Kinderkritik» unter den Zuschauern und ein allgemeiner Ausruf: «Der Jud! Der Jud!» zeigt, wie aus dem Kern des Volkstums der Dichter seinen Gegenstand schnitt. Der Jud sieht sich um, etwas mißtrauisch, und legt sein Bündel nieder.
Hier weichen die «Wursteldichter» bedeutend voneinander ab. In dem «Wurstel-Theater A.» legt sich der Jude auf seinem Bündel schlafen, Wurstel kommt, zieht ihm den Bündel sachte hinterm Ohr weg, der Jude erwacht, lamentiert, und Wurstel schlägt ihn als zu-

reichenden Grund mit dem fatalistischen Hammer tot.
In dem Wurstel-Theater B. hingegen kommt Wurstel geradezu auf den Juden los, beweist ihm mit dem Hammer, daß der Bündel ihm gehört, und unterstützt diesen Beweis a priori mit dem a-posteriori-Beweis, daß er den Juden totschlägt.
Sehr charakteristisch ist es in diesen Stücken, daß die Geschlagenen gleich mausetot hinfallen, und nicht noch in der Agonie einen Monolog röcheln und mit den Füßen die melodramatische Musik dazu zappeln! Hier ist alles Natur! Wer tot ist, ist tot, und darf für sein Leben nichts mehr deklamieren!

## Hoftheater-Dramaturgie

Bei unserer allgemeinen sozialen Verschwimmung und Ineinanderflutung aller äußeren Formen und Abzeichen hat die Schauspielkunst zu einem Surrogat gegriffen.
Wir hören jetzt nie mehr seufzen, sondern immer gleich schluchzen, nie mehr weinen, sondern stets heulen, wir hören nie mehr den Schwund und den Fall der Rede, sondern immer ihren Sprung und ihren Sturz, wir sehen kein Gebärdenspiel mehr, sondern einen physiognomischen Krampf. Wir sehen kein Lächeln mehr, sondern immer bloß Gelächter.
In der Schauspielkunst fällt das Gesetz der Wahrheit mit dem Gesetz der Zweckmäßigkeit wie bei keiner

andern Kunst zusammen, da ihr Zweck ist, augenblicklich zu wirken und diese Schnellkraft nur durch die allgemeine Wellenfeder Wahrheit erzielt werden kann.
Nur im Komischen und Burlesken muß die Wahrheit der Schönheit zurückstehen, weil sie da oft zum Ekelhaften, zum Widerlichen, zum Gemeinen werden könnte.
Aber bei der Darstellung hoher, edler, tragischer Leidenschaften ist die Wahrheit das oberste Reichsgesetz, und wenn die Wahrheit etwas Unschönes bedingt, so muß es die Darstellung ebenso getreu wiedergeben.

Wenn ich unsere fünfaktigen Trauerspiele sehe, so weiß ich nicht, zu was der Mensch fünf Sinne hat.
Im ersten Akt, wo bloß erzählt wird, hört man das, was man sehen sollte.
Im zweiten Akt sieht man, daß man nichts hört.
Im dritten Akt fühlt man, daß einem Hören und Sehen vergeht.
Im vierten Akt riecht man schon die Leiche vom letzten Akt, und im fünften sagt man: das schmeckt nach gar nichts!

Bevor unsere Lustspielschreiber ein Lustspiel schreiben, begehen sie erst einen Mord; sie töten nämlich die Wahrscheinlichkeit, schlagen sie mit Kolben tot, dann atmen sie freier und schreiben ein sogenanntes Lustspiel.

Sehen wir alle unsere Lustspiele an, sie haben alle eine große Familienähnlichkeit!
Es ist eine einzige große Kalmückenfamilie. Alle mit derselben plattgedrückten Nase, alle dieselben kleinen blinzelnden Liebesäuglein, alle dasselbe krause, wollige, struppige Dialoghaar, alle die glatte, aber schweißige Hand, tätowiert mit denselben Gemeinplätzen, mit demselben Häcksel und Quecksel von Redensarten, mit demselben Gefrage und Geantworte.

Bei der ersten Szene aller unserer Lustspiele sieht jeder Mensch schon durch den langen Korridor der Handlung das Ende hereinspazieren. Alle Personen sind durchsichtig, man guckt ihnen sogleich durch alle Rippen durch.

Mehrere Personen, die im Anfang so wichtig auftreten, als ob das Heil des Stückes von ihnen abhinge, fallen ab wie gelbe Blätter vor dem Herbste und sind gar nicht mehr zu sehen.

Der Minister ist froh, die Ministerin ist froh, Trudchen ist froh, Godefroi ist froh, die beiden Rotkehlchen, alle sind froh, und der Zuschauer ist auch froh, denn das Stück ist zu Ende.

Die schöne Seraphine war eine Schauspielerin im vollsten Sinne des Wortes: geistreich ohne Bildung, leidenschaftlich ohne Gemüt, lustig ohne Frohsinn, empfindlich ohne Zartgefühl, hochmütig ohne Würde, sinnlich ohne Liebe.

Es war ein schweigsamer Januarabend; die Sterne blinzelten so begehrlich herab, die Luft war lau wie das Publikum bei einem klassischen Stück. Die Nacht sah gar nicht danach aus, als ob ein ungeheurer Greuel in ihr geschehen sollte, und doch, und doch, o gütiger Himmel, dennoch las Amalgunda Zitterl die Eboli!

Viele Journalisten und Rezensenten sind wie die Kakadus, sie ziehen die Klaue ein, wenn sie gefüttert werden, und drücken ein Auge zu, wenn sie zu trinken bekommen.

Die deutschen Kritiker durchbrummen wie die Urbären die kritischen Wälder.

Die witzigen Rezensenten sind wie die Mädchen, sie lachen bloß, um zu zeigen, daß sie Zähne haben, sie beißen aber nur dann, wenn sie nichts zu beißen haben.
Ein guter Satiriker ist wie ein gutes Tranchiermesser, je schärfer seine Schneide ist, desto breiter muß sein Rücken sein!

Wer seufzt, gähnt nicht.

Darum allein schon verdient die Musik eine göttliche Kunst genannt zu werden, weil man mit Musik allein weder eine Verleumdung noch eine Zweideutigkeit sagen kann!

Die Straußschen Walzer sind so recht dazu gemacht, die Füße sogleich beim Kopf zu nehmen und so lange zu walzen, bis man sich Schwielen in den Kopf getanzt hat.
Lanner überredet angenehm zum Walzen, er schmeichelt sich lieblich bei den Füßen ein, er verführt zum Tanzen; Strauß ist aber der kategorische Imperativ, er befiehlt: «Walzt!» und sie walzen.

Was ist eine Oper? – Wenn eine Sache so dumm ist, daß man sich schämt, sie zu sprechen, so singt man sie.

Die großen deutschen Komponisten genieren die Worte und alles, was nicht Musik war, weil sie ihre Töne den Worten anschmiegen mußten, weil ihre Musik sich um den Gliederbau des Textes wie ein nasses Gewand wickelt, daß alle Formen durch die enganpassenden Rhythmen durchschimmerten.
Einen Italiener genieren die Worte nicht im geringsten, ob es da im Text heißt: «O Götter, mich ergreift Verzweiflung», oder «Du, Liese, liegt da nicht mein Strickstrumpf?» das ist ihnen alles gleich. Lappen an Lappen gereiht, ist das Harlekin-Gewand der Kom-

position fertig, der Text damit angetan und mit wildem Huronengeschrei durch alle Instrumente des Orchesters geschleppt.

## Wagners Walhalla – nur ein Gewitterhimmel?

Ich habe nicht die Ehre, den Herrn Kontrapunkt zu meinen Bekannten zu zählen, und ich bin nicht so glücklich, mit dem Edlen von Generalbaß persönlich befreundet zu sein.
Aber nicht nur, wenn der Herr Generalbaß, sondern wenn der Herr Feldmarschallbaß mir gegenüberstände, so müßte ich, Laie, ihm offen gestehen, daß ich den «Tannhäuser» für keine Oper halte, sondern für eine oratorische Strapaze mit einigen wenigen interessanten Ruhepunkten.
Ich würde ihm sagen: Euer Gnaden! Ich habe fünf Sinne und stets bereitwillige Empfänglichkeit, aber niemals werde ich ein Werk als ausgezeichnet anerkennen, welches langweilt!
Niemals werde ich an einer Oper, einer fürs Theater bestimmten Oper, Gefallen finden, in welcher der Aufwand der gemachten Anstrengung alles Schöne und Liebliche erdrückt, wo nicht eine melodiöse Weise mich anheimelt, wo ich mich auf keiner angenehmen lyrischen Ruhebank von dem Gang durch den Eisenhammer sausender Tonschmelzereien ausruhen kann. Niemals werde ich, Laie in der Musik, mich mit

dem Herrn von Kontrapunkt befreunden, wenn er nicht zugesteht, daß das Element der Heiterkeit auch über das Erhabenste und Würdigste in der Musik ausgegossen sein muß. Und diese musikalische Heiterkeit, dieser Stilhimmel der Musik, fehlt dem «Tannhäuser» ganz und gar. Zuweilen, z. B. im einfachen Hirtengesang, im lieblichen Liede: «Holder Abendstern», glaubt man, nun blühe eine Melodie ans Licht, nun breche eine Gesangsblume duftig aus dem Brotbaumwald von langen Rezitativen und unklaren Regellosigkeiten, aber gleich verschwindet unsere Hoffnung wieder und macht dem Aufschrei geängstigter Instrumente Platz.

Es ist nicht zu leugnen, daß eine große musikalische Gelehrsamkeit in der Komposition steckt, daß wir im Ganzen ein Talent von nicht gewöhnlichem Umfange erkennen, daß in vielen Einzelheiten Blitze aus diesem Knäuel von musikalischen Wetterwolken zukken, aber das Ganze ist ein Chaos von Tönen und Instrumenten, von dissonierenden Akkorden, von krassen Kontrasten, von sich in den Haaren liegenden Dur- und Molltönen, die in dieser Lüneburger Tonheide sich dicht untereinander wälzen.
Es ist nicht zu leugnen, daß auch zur Bildung eines solchen Chaos ein kräftiger Arbeitsgeist gehört; die Stoffe so untereinander zu rütteln, die Elemente so in dem Wirbel zu vermischen, das fordert eine Kraft, eine Kapazität; und so unklar und durcheinander ein Chaos auch ist, das Genie wäre imstande, Licht in die

Finsternis, Ordnung in das Wirre, Luft, Heiterkeit und reges Leben aus dem Klumpen zu schlagen, das Genie, sagen wir, und das ist's, was Herrn Wagner fehlt!

Er hat eine Idee vor sich, eine herrliche Welt liegt vor seinem Wollen, sie liegt ferne vor ihm, wie Amerika vor Kolumbus, aber so wenig als Kompaß und Magnet, Steuer und Segel die neue Welt entdeckten, sondern das Genie Kolumbus, der Gott in ihm, ebensowenig entdeckten Wagners Generalbaß, Kontrapunkt, Gegensätze, Noten, Rezitative die neue Musikwelt, denn in ihm steckt kein Kolumbus!

In dieser Oper wollte Herr Wagner eine ganz neue Tonwelt schaffen, aber von der Erde hat sie nichts als die Wüstenei, vom Himmel nichts als den Donner, vom Meere nichts als das Einförmige, und von der Luft nichts als das Fortpflanzen des Tonschalles.

Das ist lauter Gewölk, lauter Grollen, das sind lauter zerrissene, zerschlitzte Wolken, durch die kein Stückchen Blau, kein Sternlein blinkt, und unter diesem ewigen Gewitterhimmel zieht nicht eine Melodie als irrende Nachtigall.

In all diesen Berechnungen der Töne, in dem ganzen Kalkül dieser Komposition, in all diesen Kombinationen nicht eine Inspiration, nicht ein Hauch der Begeisterung!

Wenn ein Chor kommt – so kommen sie und stellen sich sogleich in einem Halbzirkel, gleichsam als spielten sie «Der Plumpsack geht um». Warum? Habt ihr schon Bauern oder Matrosen gesehen, die, wenn sie zusammenkommen, sich gleich wie ein lebendiges Hufeisen aufstellen? Laßt doch den Chor in Gottes Namen sich gruppieren in Ballen und Haufen, das ist nicht nur natürlicher, sondern auch zweckmäßiger für dem Effekt des Chors, die Stimmen geben mehr aus und sind wirksamer.

Nach den Mythologen hatte sich die Echo aus unglücklicher Liebe so gegrämt, daß nichts von ihr übrig geblieben ist als ihre Stimme. Es wäre sehr gut, wenn wir bei unseren Opern lauter Echos engagieren könnten, bei denen, wenn sie unglücklich lieben, nur die Stimme übrig bliebe!

Die schlechten Sänger wirken im Weinhaus ebenso wie im Opernhaus. Sie jagen alles – durch ihre Gurgel!

Die Hauptfehler vieler Sänger: zu schwache Ausbildung und zu starke Einbildung.

## Was man dazu wissen sollte

Das Biedermeier war die große Epoche der Oper.
Carl Maria von Webers Opern beherrschten den Spielplan. Sein «Freischütz» erzielte Aufführungsrekorde.
Rossini, Donizetti, Meyerbeer, Lortzing, Adam – sie

alle feierten Triumphe. Dann kam einer, stellte alles in Frage, betrat Neuland: Richard Wagner mit seinem Gesamtkunstwerk.
Beethoven und Schubert schrieben ihre Lieder und Symphonien.
Die Theater aber – ob in Berlin oder Wien – waren durch die Zensur und durch die Diktatur der adligen Abonnenten auf harmlos neckische Stücke eingeengt. Nirgendwo ein Ansatz von der Bühne her, soziale Fragen anzuschneiden, moralische Begriffe neu zu formulieren. Wie sollte da eine Kritik konstruktiv werden können?
Neue Theaterstücke durften in Preußen erst nach der dritten Vorstellung besprochen werden. Ein Kritiker setzte sich über diese Anordnung hinweg und führte als erster in Deutschland die Nachtkritik ein: Moritz Gottlieb Saphir.

# Auf der Suche nach dem Paradies

## Mensch und Religion

Ich kann mir das Paradies nicht denken, es wären keine Kinder darin. Wenn Eva im Paradies ein Kind gehabt hätte, die Schlange würde sie gescheut und nicht verlockt haben.

Die Vergangenheit, das ist unser verlornes Paradies. Die Zukunft ist für die Phantasie, die Gegenwart für den Magen, und nur die Vergangenheit ist für das Herz.

Können Sie sich ein Paradies denken, in welchem für den Menschen kein Baum der Rückerinnerung blüht? Wie kann es ein Paradies für ein Herz geben, das sich an keinen Vater zu erinnern hat, an kein Wiegenlied, an kein Kindermärchen, an kein Weihnachtsbäumchen, an keine Seifenblasen?

Das Paradies steht nicht um uns, es steht in uns. Es ist falsch, zu sagen, der Mensch kommt ins Paradies oder in die Hölle! Man muß sagen: «Das Paradies oder die Hölle kommt in diesen Menschen!»

Im Paradies haben die Tiere gesprochen, folglich haben sie auch gedacht, denn sprechen ohne zu denken ist eine spätere Erfindung der Menschen, wenn sie von Sachen sprechen, an die gar nicht zu denken ist.

Die Tiere denken nicht, darum verdenken sie auch nicht jeden guten Gedanken; sie sprechen nicht, darum versprechen sie auch nicht, was sie nicht halten wollen! Sie gehen nicht aufrecht, aber sie gehen auch nicht auf Unrecht! Unter den Tieren gibt's keine Ärzte, sie sterben doch; unter den Tieren gibt's keine Advokaten, man zieht ihnen doch die Haut über die Ohren; unter den Tieren gibt's keinen Unterschied der Stände, der Königstiger darf doch mehr Flecke haben als ein ordinäres Tier.

Nur wenn man die Tiere zärtlich behandelt, heißt man jetzt ein Menschenfreund!

Man könnte die Affen die Inkunabeln der Menschen nennen. Wir sehen an dem Affen, wie wir vielleicht in der allerersten Ausgabe ausgesehen haben! Wer weiß, in wie viel verbesserten Ausgaben der Affe herauskam, bis er als Mensch in Groß-Folio erschien, und wie viele Druckfehler sind noch im Menschen, welche an die erste Ausgabe erinnern!

Gewiß gilt unter den Bestien der Affe als ein Apoll! Und so gibt's auch im Menschenleben keinen Affen, der nicht für irgend jemand ein Adonis wäre!

Man sagt, ein Affe ist ein halber Mensch, so wären zwei Affen ein ganzer Mensch!

Gott hat die ganze Welt ganz allein für sich selbst erschaffen: Erde, Himmel, Bäume, Meer usw., nur als er den Menschen erschaffen wollte, hat er seine verantwortlichen Minister, die Engel, zu Hilfe genommen und gesagt: «Wir wollen einen Menschen machen.» Warum? Weil er gewußt hat, der Mensch wird nichts nutz werden, und er kann dann die Schuld aufs Ministerium schieben.
Und der Mensch ist wirklich so unzweckmäßig wie nur irgendein Ministerialbeschluß, aber leider haben damals die Minister ihre Beschlüsse nicht so geschwind zurückgenommen wie jetzt, und der Mensch ist geblieben wie ein Ministerialbeschluß; eine siebzigjährige Kalamität, die am Anfang nicht gehen kann und am Ende aus Altersschwäche begraben wird.
Alle Ministerien waren mit der Ausfertigung des Menschen beschäftigt: der Minister des «Äußeren» war mit der Verteilung der Schönheit beauftragt und ist dabei sehr parteiisch vorgegangen, denn er hat das «schöne Geschlecht» bevorzugt; der Minister des «Innern» hat dem Menschen den Geist eingeblasen, und zwar durch die Nase, weil da wenig hineingeht.
Der Minister des «öffentlichen Unterrichts» war schon damals auch, wie sie jetzt sind, denn er hat den Menschen gesagt: «Vom Baume der Erkenntnis sollst du dich nicht unterstehen zu essen.»
Der «Kriegsminister» war der genialste, er hat dem

ersten Menschen Kriegsmaterial aus dem Leibe geschnitten; er hat nämlich aus seiner Rippe das Weib gemacht.
Nur der «Finanzminister» hatte bei der Bildung des ersten Menschen nichts zu tun, denn der erste Mensch war nackt, und solche Untertanen kann der Finanzminister nicht ausziehen!

Ein jeder Mensch hat Druckfehler und Schreibfehler; man sei in Gottes Namen gegen seine Schreibfehler so streng, als man will, aber gegen die Druckfehler, die er im Drucke des Schicksals erhielt, gegen diese Druckfehler sei man nachsichtig.

Der Mensch wird von fünf Dingen nachgeahmt, aufgefaßt und wiedergegeben; vom Echo, vom Schatten, vom Spiegel, vom Affen und vom – Schriftsteller!
Das Echo zeigt dem Menschen, wie die Frauenzimmer sind; man mag reden oder schreien, soviel man will, das letzte Wort haben sie.
Der Schatten zeigt, wie die Freunde sind; wenn unsere Sonne scheint, sind sie immer vor, um und neben uns, wenn unsere Sonne sinkt, machen sie lange Beine und verschwinden.
Der Spiegel zeigt, wie die Menschen überhaupt sind, sie spiegeln sich nur da gerne, wo was herausschaut.
Die Affen zeigen uns, daß Menschen ohne Verstand und Sprache Affen darstellen, und die Schriftsteller wollen uns Affen mit Verstand und Sprache als Menschen darstellen!

Ein Mensch, der immer lächelt, ist ebenso unerträglich wie ein Mensch, der nie lächelt!

Ja, nur unter den Hammerstreichen des schweren Schicksals erkennt man bei dem Menschen, ob sein Wesen aus edlem oder gemeinem Metall ist. Je gemeiner dieses Metall ist, desto lauter ächzt es unter diesen Hammerschlägen; je edler, je goldhaltiger sein Wesen, desto leiser und sanfter sind seine kaum hörbaren Seufzer unter den Hammerschlägen!

Der Mensch kann alles, was er will, wenn er nur will, was er kann!

Ein langweiliger, phlegmatischer Schläfer sollte sich eigentlich immer aufwecken lassen; er wäre dann wenigstens am Morgen ein aufgeweckter Mensch!

Wer unter den Menschen nichts als Engel sucht, der findet nichts als Teufel; wer aber unter den Menschen nichts als Menschen sucht, findet oft einen Engel. Wer im Leben nur der Toten mit Liebe gedenkt, der wird im Leben nur Tote finden!

Um Menschen kennenzulernen, muß man mit ihnen umgehen; um sie zu lieben, muß man ihnen Gutes tun; aber um sie achten zu können, muß man sie – meiden.

Viele Menschen sind besser als ihr Ruf, und zwar bloß darum, weil ihr Ruf noch schlechter ist als sie.

Alle Menschen wären bescheiden, wenn sie in ihrem Leben nur ein einzigesmal gestorben wären. Dann würden sie sehen, wie leicht die Welt ohne sie besteht.

Zuerst kriegt der Mensch Zähne, um sich durchs Leben durchzubeißen, dann bekommt er eine Anstellung, um etwas zu beißen zu haben, dann erhält er eine Frau, um sich mit ihr herumzubeißen, dann einen Hausfreund, der ihn herausbeißt, dann einen Grabstein, wenn er ins Gras gebissen! Auch der Mensch, der gar nichts zu beißen hat, weiß eines sicher – daß er schließlich auch ins Gras beißen muß.

Jean Paul und Augustinus sagen, die Toten stehen alle im 33. Jahre auf. Es wird also jenseits keinen Vierziger geben, und da die Schwaben erst mit 40 Jahren klug werden, so wird's im Himmel nicht einen einzigen klugen Schwaben geben.

Vor dreißig Jahren zählte ich dreiunddreißig Sommer! Doch nein! Zu dreiunddreißig Jahren zählt man nur noch die Frühlinge! Mit 40 Jahren beginnt man die Sommer zu zählen, mit 60 die Winter, und mit 70 zählt man die Allerseelentage.

Glaube nicht, daß die Herzen wie die Menschen nur bis zum einundzwanzigsten oder bis zum vierundzwanzigsten Jahre wachsen und dann haltmachen. Nur die engen und stumpfen Herzen macht die Zeit stehen oder zusammengehen, die weiten und großen Herzen dehnt die Zeit aus und gibt ihnen größere Empfänglichkeit.

Was ist das Leben? Das Leben ist jene unheilbare Krankheit, an welcher noch alle Menschen gestorben sind und die nur jene überleben, die nicht geboren werden.

Das Leben ist eine große, beschwerliche, gefährliche Gebirgs- und Alpenreise; sie führt über steile Höhen, neben schwindelerregenden Abgründen, man schaut mit Schauer hinauf, mit Entsetzen hinab, und nur die Maultiere und Esel gehen sicheren Schrittes ihren Weg vorwärts.

Ein Mensch ohne Kindheit ist ein Buch ohne Vorrede, ein Tag, der keine Morgenröte hatte, ein Baum, der nie geblüht hat.

Vom Geburtshelfer zum Totengräber geht der Mensch auf zwei Krücken durchs Leben, die Krücke der Jugend hat einen Kopf nach vorne geschnitzt und heißt Hoffnung, die Krücke des Alters hat einen Kopf rückwärts geschnitzt und heißt Erinnerung!

Drei Dinge braucht man im Leben nicht zu tun: Den Schnee braucht man nicht wegzuschaufeln, er geht zuletzt von selbst weg; den Mädchen braucht man keinen Mann zu geben, am Ende nehmen sie sich selbst einen, und drittens braucht man sich keinen Arzt zu nehmen – der Mensch stirbt endlich auch ohne ihn.

Die Lebensgeschichte des Menschen ist gewöhnlich nichts als seine Sterbensgeschichte. Jeder Sterbliche ist zum Tode verurteilt. Das schlechteste Leben aber hat der, der zur Unsterblichkeit verurteilt ist!

Am Lebens-Abend etwas schläfrig zu sein ist wohl erlaubt, aber am Lebens-Morgen nicht ein bißchen «aufgeweckt» erscheinen ist denn doch unnatürlich.

Das Wort «gewesen» ist das fürs Herz, was das Wort «gehabt» für die Tasche ist.

Warum ist es auf dem Lebensweg nicht wie auf dem Fahrweg? Auf dem Fahrweg müssen die leeren Wagen den vollen ausweichen, auf dem Lebensweg weichen die vollen Köpfe den leeren aus.
Mit nichts geht der Mensch leichtfertiger um als mit der Zeit! Er trauert über verlorne Freunde, aber nicht über verlorne Stunden, und doch hat er Hoffnung, die verlornen Freunde einst wiederzufinden, die verlornen Stunden aber stehen von den Toten nicht auf, man sieht sie niemals wieder!

Sollte man an Gott nicht glauben, weil man ihn nicht sieht? Der Blinde sieht auch die Sonne nicht, allein er fühlt ihre warmen Strahlen.

## Der Mensch und seine Lebensjahre

Am Anfang war, nach unserem gewöhnlichen Ausdruck, Himmel und Erde, freilich eine sonderbare Zusammenstellung! Himmel und Erde – eine Million und ein Pfennig, der Chimborasso und ein Maulwurfshügel, eine Orgel und eine Maultrommel, das Meer und ein Tautropfen, die Iliade und ein Couplet! Allein, da wir eitlen Menschen die Erde bewohnen, so haben wir sie dem Himmel gleichgestellt.
Also – zuerst war Himmel und Erde, dann wurde alle Wesenheit und zuletzt der Mensch geschaffen, damit er nicht früher zusehen, unserem Herrgott etwas nachahmen konnte. Denn der Mensch, der König der Schöpfung, ist ein nachahmendes Tier. Er sah, daß der liebe Gott sogleich nach seiner Erschaffung ruhte; sogleich tat er dasselbe, er war also der erste König, der «geruht» hat zu ruhen.
Darauf rief der gütige Schöpfer alle lebenden Wesen vor sich, um allen Gattungen ihre Lebensweise, Lebensjahre und Namen zu bestimmen. Die Reihe begann mit dem Menschen, und der gütige Schöpfer sprach:
«Du sollst sein der Herr der Schöpfung, alles ist dir freigegeben und untertan – das Gewilde des Feldes,

das Geflügel der Luft, das Gewürm der Erde und alles, was im Wasser lebt. Du beherrschst jedes lebende Wesen, das Kraut der Felder und die Früchte des Baumes sind dein Eigentum; du bist begabt mit den zwei edelsten Dingen: Vernunft und Sprache, du sollst aufrechtgehend das Antlitz des Himmels schauen und anbeten – dein Name ist Mensch, und deiner Lebensjahre sind dreißig!»
Der lebensgierige Mensch aber weinte vor dem Schöpfer und sprach: «Wenn ich soll sein der König der Schöpfung und begabt mit solchen Vorzügen, warum sind meiner Lebensjahre so wenige?»
Der Schöpfer aber lächelte milde und hieß ihn zur Seite treten, bis er auch anderen Geschöpfen Namen und Jahre erteilt habe. Da kam die Reihe auch an den Esel, und der Schöpfer sprach:
«Du sollst Lasten tragen und Lasten führen, erliegen unter den Streichen des Treibers, sollst schwitzen und keuchen, und wenig Ruhe dir gönnen, Dornen und Disteln sollst du essen, an nichts anderes denken als an deine Last. Dein Name ist Esel, und deiner Lebensjahre sind vierzig!»
Da weinte der arme Esel bitterlich und sprach:
«Soll ich führen so elendes Leben, so leidensvolle Tage, wozu mir noch die Last der Jahre? Nimm mir die Hälfte derselben!»
Da trat der Mensch heran, der lebensgierige, und bat um die zwanzig Jahre des Esels, und der Schöpfer lächelte milde und gab sie ihm.
Da kam die Reihe an den Hund, und der Schöpfer

sprach: «Du sollst auf dem Schatze liegen und das Haus ängstlich bewachen, du sollst jeden Schatten anbellen und anknurren und Beine und Knochen essen. Dein Name ist Hund, und deiner Lebensjahre sind dreißig.»

Da weinte der arme Hund bitterlich und sprach:

«Soll ich führen so elendes Leben und hinschleppen so kummervolle Jahre, wozu mir noch die Last der Jahre? Nimm, o nimm mir zwanzig von ihnen ab.»

Da trat der Mensch heran, der lebensgierige, und bat um die zwanzig Jahre des Hundes, und der Schöpfer lächelte milde und gab sie ihm.

Zuletzt kam auch die Reihe an den Affen, und der Schöpfer sprach:

«Du sollst Gestalt und Aussehen haben wie ein Mensch, aber du sollst nur sein lächerlicher Schatten sein, du sollst sein ein Spiel und Spott der Kinder, du sollst an dem Stabe tanzen, dein Name ist Affe, und deiner Lebensjahre sind achtzig.»

Da weinte der arme Affe bitterlich und sprach:

«Soll ich führen ein so elendes Leben, ein lächerlicher Schatten des Menschen, wozu die Last der Jahre? Nimm, o nimm dreißig von ihnen ab!»

Da trat der Mensch heran, der lebensgierige, und bat um die dreißig Jahre des Affen, und der Schöpfer lächelte milde und gab sie ihm.

Dieses sind auch die Lebensjahre der Menschen. Bis zum dreißigsten Jahre ist er glücklich, in der schönsten, reizendsten Bedeutung des Wortes.

Vom Frührot der Jugend umflutet, schaut er hinein

in die blumenüberbaute, blau gemalte Zukunft, schwimmt er kräftig und froh hinein in den üppigen Strom des Lebens, und sein Lebensschiff, von den fünf offenen Sinnen fröhlich bewimpelt, segelt rasch über die lachende Flut, die Hoffnung führt das Steuer, Gesundheit das Ruder, und Mut und Kraft spannen die vollgeschwellten Segel. Das sind die eigentlichen, wahren Menschenjahre.
Von dreißig bis fünfzig Jahren spannt ihn die drükkende Sorge an den knarrenden Pflug. Er muß heranschleppen die sauer erworbene Last und die Säcke mühsam karren nach dem harrenden Hause, er denkt an nichts als an das Hineinbringen der Last, im Schweiße des Angesichts labt ihn kaum das Wasser der Quelle, das sind die Eselsjahre.
Von fünfzig bis siebzig, da liegt der Mensch wie ein Drache auf seinem Schatze, ängstlich bewacht er das Haus, bellt jeden mißtrauisch an, hält den Mond für eine Diebslaterne, gönnt sich auf seinen Schätzen kaum Beine und Knochen, das sind die Hundsjahre.
Von siebzig bis hundert, da lebt der Mensch, das unleserliche Postskriptum des Daseins, er ist nur noch der Schatten eines Menschen, er wird zum Gespött der Kinder, das sind die Affenjahre.

## Der Talmud und was dahintersteckt

Ich glaube, es dürfte für jeden Leser von Geist nicht ganz ohne Interesse sein, über das Wesen dieses Nebelbildes «Talmud» eine kleine Andeutung zu lesen, von jemand, dessen Muttermilch sie von der tausendbrüstigen Dame Gelehrsamkeit war.

Der Talmud umfaßt alles: Zivilgesetz, Kriminalrecht, Religionslehre, Sittengesetz, Tempeldienst, Ehrenrechte, Medizin, Ehegesetz, Astronomie, Agrar- und Kulturgesetz, Priesterrechte, Satzungen über rein oder unrein: kurz, fast alles!

Wenn man diesen Wust von Gelehrsamkeit und Unwissenheit, von Scharfsinn und Borniertheit, von Weisheit und Frivolität, von unerforschter Geistestiefe und unglaublicher Schalheit durchstöbert, so erstaunt man über die Vereinbarung der höchsten Intelligenz mit der tiefsten Finsternis, über den Mißbrauch des Scharfsinns, der angehalten wird, die krasseste Dummheit zu beleuchten.

Das Rätsel, wie es möglich ist, so viel Geist- und Sinnvolles mit so vielem Läppischem zusammenzuwürfeln, wird erklärlich, wenn man in die Entstehungsgeschichte dieses Amalgams zurückgeht.

In der Babylonischen Gefangenschaft zogen sich die sogenannten Hochschulen in entlegene Orte zurück, wo jeder Rabbi eine Schule von mehreren Hunderten Schülern hatte; der Vortrag bestand nun über irgendeinen Paragraph der Mischna oder die Deutung eines Ritual- oder sonstigen Gesetzes, und das Thema wurde allen Schülern als Gegenstand nächster öffentlicher Disputation anheimgegeben.

Jeder dieser Schüler, unter welchen sich auch Rabbis und Gelehrte befanden, überbot nun den anderen an

Deuteleien, an Subtilitäten, an minuziösen, aber scharfsinnigen Auslegungen, Wendungen oder Verrenkungen des aufgegebenen Themas, Dogmas oder Spruches.
Man kann sich also denken, wieviel Abstruses, Verflitztes und Verschnitzeltes neben dem lauteren Geist und der lichtvollen Erkenntnis mit zur Sprache kam, und das um so mehr, da der den Gelehrten dieser Nation eigene Witz und die ihnen ebenso eigene zersetzende Kaustik in dieser Disputation durch Scheinwitz und Geistesspielerei eine große Rolle spielte.
Ich bin sogar überzeugt, daß es Satiriker unter diesen Rabbis gab, welche in dem Lehrhause selbst die Ironie als Waffe gebrauchten. Überdem sind von einer Masse Autoren und Literaten Plagiate an dem «Midraschim» begangen worden.
So befindet sich der Stoff zu Schillers «Bürgschaft» in der Handschrift von «Midrasch Kaheleth», welche der Gelehrte Menachem Consarco besaß. Die Sage der «Weiber zu Weinsberg» (natürlich nicht zu «Weinsberg» spielend) findet sich in «Midrasch Schir Baschirim». Die berühmte Prozeßgeschichte des geliehenen Geldes, welches sich in einem Stock befand, die im «Don Quixote» des Cervantes ist, ist fast buchstäblich im «Talmud Redorim» zu lesen und unter den Talmudkennern als die Sage von «Kanne debeh Rabbe» bekannt.

Das Bürgertum war fromm, Kirchenbesuch selbstverständlich. Schleiermacher suchte die Verbindung von Religion, Philosophie und Wirklichkeit, die Masse aber pflegte den Aberglauben. Sternguckerei kam auf, befreite für ein paar Kreuzer den Blick von der Enge des Alltags in die Unendlichkeit des Himmels und förderte damit die Astrologie. So kam ein Hauch von Mystik in den allzu geordneten Alltag.
Der Spitz war der Liebling unter den Haustieren. Kenntnis von fremden Ländern, fremden Tieren vermittelten Wanderunternehmen, die sogenannten «Menagerien», die Raubtiere in engen Käfigen den Bürgern vorführten, bis Carl Hagenbeck am Ende des Biedermeiers mit seinem Freigehege neue Wege der Raubtierhaltung wies.

# Lorbeer mit Disteln

## Das Alltägliche und die Ausnahme

Vom Himmel würde jedem Menschen der Geist gegeben; er hat dem Menschen den Geist durch die Nase eingeblasen! Wenn der Mensch niest, so ist das nichts als ein Zeichen, daß der Geist gerne heraus möchte.

Was heißt Gesundheit? Man muß von sich gar nichts spüren, dann ist man gesund. Wenn man spürt, daß man einen Fuß hat, dann tut einem der Fuß weh. Wenn man spürt, daß man einen Magen hat, dann tut einem der Magen weh. Wenn man spürt, daß man einen Kopf hat, dann tut einem der Kopf weh. Wenn man spürt, daß man eine Frau hat, dann tut einem die Frau weh. So ist's auch mit dem Verstand. Sobald man spürt, daß man Verstand hat, so tut einem der Verstand weh; ja, sobald nur die andern spüren, daß wir Verstand haben, so tut er uns schon weh!

Gleich wie der Mensch geboren wird, wird er zum Tod verurteilt, entweder zu einem natürlichen Tod Durch Ärzte und Apotheker, oder zu einem unnatürlichen durch Alter. Erst wenn der Mensch stirbt, wird er vom Himmel zum ewigen Leben begnadigt, durchs ganze Leben aber geht er wie ein Verurteilter herum.

Von der Natur des Todes hat der Mensch sonderbare Ansichten; wenn jemand vom dritten Stock auf das Steinpflaster fällt und das Genick bricht, da findet man es nicht natürlich, daß er stirbt und nennt's einen unnatürlichen Tod, wenn sich aber jemand mit dem Schnupfen ins Bett legt, sechs Ärzte holen läßt und stirbt, das findet man natürlich und nennt's einen natürlichen Tod!

Man hat allopathische und homöopathische Apotheken, warum hat man nicht auch allopathische und homöopatische Kirchhöfe? Wer mit vollem Magen stirbt, gehört auf den allopathischen Kirchhof, wer mit leerem Magen stirbt, gehört auf den homöopathischen Kirchhof.

Es gibt dreierlei Appetite; der brutale oder deutsche Appetit, der dauert bis zum Rindfleisch. Der Geschäftsappetit, der dauert bis zum Braten, und der vornehme Appetit, das ist der, welcher zuletzt alles aufißt. Der brutale, deutsche Appetit, der ist heftig wie die erste Liebe, wie ein feuriger Jüngling von sechzehn Jahren stürzt er sich auf den Gegenstand seiner Sehnsucht; der zweite, der Geschäftsappetit, ist schon geduldiger, kühl und besonnen wie die Ehe; der vornehme Appetit endlich will besonders geschmeichelt und gereizt sein. Nur derjenige Mensch, der alle diese drei Appetite in sich vereinigt, ist der vollkommenste Mensch auf Erden. Das heißt: bei Tische.

Jean Paul sagte mir: «Die abgerissenen Rockknöpfe an dem Rock eines Dichters sind Ehrenwunden», aber ich bin so frei, zu meinen, daß man mit offenen Wunden nicht in die Gesellschaft taugt. Nicht mit seinen Wunden glänzt der Held im Leben, aber mit seinen Narben. Ein zerrissener Dichterrock ist eine Wunde, ein reiner, nett ausgebesserter ist ein Rock mit Ehrennarben.
Es ist eine große Verkehrtheit im Leben, daß die Männer nur in der Jugend auf ihren Anzug sehen und je älter sie werden, ihren Anzug immer mehr vernachlässigen. Gerade umgekehrt muß man verfahren. Je mehr das Alter den Menschen für die Menschen weniger angenehm und genießbar macht, desto mehr muß man trachten, sein Ich zu unterstützen.

Wenn der Bau zum dritten Stock gelangt, ist der Bauherr parterre, der Hausherr wird eher fertig als das Haus.

Wenn die Fenster dazu da wären, um das Licht in die Stuben zu lassen, würde man sich keine Vorhänge machen. Es scheint eher, daß die Fenster da sind, um die Vorhänge hinausschauen zu lassen.

Die Rechte soll nicht wissen, was die Linke tut, aber leider weiß die Rechte nur, was die Linke tut, und die Linke weiß nur, was die Rechte tut, aber keine weiß, was sie selber tut.

«Wem Gott ein Amt gibt, dem gibt er auch eine Frau», das ist sehr weise vom lieben Himmel. Wenn der Mann ein Amt hat, schadet ihm die Frau nicht mehr, denn findet er zu Hause keine Ruh, so geht er ins Büro, und es ist fürs Büro besser, wenn der Beamte verheiratet ist, denn dann eilt er nicht nach Hause.

Manche Büros sind wie die Friedhöfe, man könnte auf jede Tür setzen: «Hier ruht der Herr soundso.»

Gegen die Langeweile, gegen die Ratten und gegen böse Frauen gibt es viele Mittel, die nichts helfen.

## Die Kunst, einzuschlafen, oder die Kunst, sich selbst Langeweile zu machen

Es ist eine große Kunst, sich gut auszuschlafen; aber es ist eine noch größere, noch schwierigere Kunst, einzuschlafen.
Das ist eine Kunst, die man im buchstäblichsten Sinne des Wortes nur im Schlafe lernen kann.
Die Kunst, einzuschlafen, ist eigentlich nichts als die Kunst, sich selbst Langeweile zu machen!

Es gibt keinen größeren Beweis von der Eigenliebe und von der Eitelkeit der Menschen, als wenn sie sagen: Ich kann bei Nacht nicht einschlafen! Das ist nichts als ein Beweis, wie gut sie sich mit sich selbst unterhalten, wie amüsant und geistreich sie ihre eigenen Gedanken finden.

Wenn man in großer Gesellschaft ist, so läuft man oft alle Augenblicke Gefahr, sogleich einzuschlafen; ist man aber allein abends im Bette, mit niemandem beschäftigt als mit sich, hört man nichts als das, was man sich selbst sagt, da ist man entsetzlich wach und munter!

Im Schlafe gehen die Geschäfte des Herzens und der Lunge nach wie vor fort. Ein ganz gesundes Herz schläft nie – es schnarcht nur zuweilen!

Also, die Kunst, einzuschlafen, erfordert:

Erstens, daß man kein Herz habe; das Herz ist die Unruhe im Menschen, und mit Unruhe in sich kann man nicht einschlafen.

Zweitens, daß man nichts denke: denn denken ist ein Andrang von lebensschädlichen und organismuszerstörenden, bösen Einflüssen nach dem Kopfe, und zum Leicht- und Baldeinschlafen gehört eine bequeme, der geistigen und leiblichen Ruhe zuträgliche Leerheit des Kopfes.

Drittens, daß man nichts besitze, daß man weder im Herzen noch im Kopfe, noch im Koffer etwas habe, überhaupt, daß man in der ganzen Welt nichts besitze, denn der Besitz, jeder Besitz, es sei nur der eines Dukaten oder eines Herzens, aber auch nur eines Talentes, hebt die freie Wirksamkeit der Seele nach innen auf, richtet sie auf die Außenwelt und zerstört allen Schlaf.

Wie viele Mittel gibt es, und Jean Paul zählt sie auf, um schnell einzuschlafen! Die Fensterscheiben zählen, das Einmaleins lernen; die Punkte in den Tapeten berechnen, eine gewisse Melodie solange immer von neuem summen, mit dem Finger um das Antlitz herumfahren usw. usw.

Aber es geht diesen Mitteln wie allen Hausmitteln: Sie sind alle recht gut, aber sie nützen nichts!

Es ist ein großes Unglück, daß sich die Menschen so gut mit sich selbst unterhalten! Man ist so seelenvergnügt, wenn man keinen anderen Zuhörer hat als das – Kopfkissen! Das Kopfkissen gähnt uns nicht ins Angesicht, das Kopfkissen hört uns geduldig zu, und wer am besten zuhört, ist der beste Gesellschafter!

Ich komme also darauf zurück, daß die leidige Selbstliebe der Feind ist, wegen dessen viele Menschen nicht einschlafen können. Ich kenne Menschen, die, wenn man ihnen auf der Straße begegnet, eine so narkotische Einwirkung machen, daß man sich an das erste beste Haus anlehnen und schlummern muß, bis sie vorüber sind, und diese Menschen klagen auch, daß sie nicht einschlafen können!

Daß das Licht am Einschlafen nicht hindert, beweist der Umstand, daß manche Menschen gerade in der Gesellschaft der größten Lichter am ehesten einschlafen!

## Talent, Genie, Gelehrsamkeit

Der Mensch hat für seinen Lebensweg drei Lichtkörper mitbekommen: Gelehrsamkeit, Talent, Genie! Was ist der Unterschied zwischen diesen drei Lichtkörpern und wie behaupten sie sich gegeneinander? Erlauben Sie mir, Ihnen das durch ein kleines Gleichnis klarzumachen.

Einst ging ein armer Fußgänger einen steinigen Waldweg, um bei Tag und Nacht sein Brot zu erwerben. In seiner Tasche nahm er drei Dinge mit, um sich stets Licht und Feuer machen zu können, ein Brennglas, Zündhölzchen und einen Feuerstein.

Des Tages über, sooft der Mann seine Pfeife anzünden wollte oder sonst Licht und Feuer brauchte, nahm er zum Brennglas seine Zuflucht. Er und das Brennglas sahen dann mit Verachtung auf Zündhölzchen und Feuerstein herab.

Da wurde es Abend, die Sonne sank und ging unter. Der arme Fußgänger brauchte nun erst recht Licht, er nahm das Brennglas zur Hand, um sich Licht zu holen, aber da zeigte sich, daß im Brennglas selbst kein Licht ist, daß es seine Strahlen nur von einem fremden Körper gesammelt hat. Der Mann warf das Brennglas als unnütz beiseite und griff zum Zündhölzchen.

Unter zehn Zündhölzchen war keines brauchbar, das elfte Zündhölzchen brannte zwar, aber bald flackerte das kleine Hölzchen zu Ende, der kleinste Lufthauch blies es aus, bevor er sein Licht daran hatte anzünden können.

Da warf der arme Fußgänger das Zündhölzchen fort, ergriff in seinem Unmut auch den eckigen Feuerstein, warf diesen ebenfalls als unnütz auf den Boden und stieß mit dem Fuß verächtlich daran. Da sprangen aus dem armen, mit Füßen getretenen Feuerstein die hellen Funken in die Dunkelheit hinein, und der Mann bekam durch sie Licht und Feuer.
Das ist die Geschichte der Gelehrsamkeit, des Talentes und des Genies!
Die Gelehrsamkeit ist das Brennglas; sein Licht ist aus fremden Strahlen gesammelt; das Talent ist das Zündhölzchen, unter zwanzigen ist eines brauchbar und der kleinste Wind löscht es aus. Das Genie ist der Feuerstein, der Funke wohnt in ihm, ist sein Eigentum, ist seine Natur.

Die Regel ist für den Schüler da, für die Schule. Mit dem Meisterbrief legt man die Regel respektvoll in die Lade und schafft sich selbst eine Regel.

Nur mittelmäßige Talente klagen, daß sie verkannte Genies sind! Ich meine, es gehen in der Stadt Wien viel mehr unbezahlte Wechsel als verkannte Genies herum!

Gewiß sind mehr Talente schon von Goldbergen erdrückt worden als von Armut und mehr Geist ist schon in Champagnerwein ertrunken – als in Tränen.

Einem großen Talente geht es wie einem papiernen

Drachen; je höher er sich erhebt, desto mehr Straßenjungen laufen zusammen, um ihn herunterzuziehen.

Ein jeder Mensch ist einmal im Jahr ein Genie, leider aber verschlafen die meisten Menschen diesen Augenblick.

Die Dummheit ist eine solidere Eigenschaft als die Klugheit. Der Geist leidet an Altersschwäche, aber ein dummer Kerl nimmt im Alter an Dummheit immer zu.

Bestrebe dich nie, deine Dummheit zu verbergen. Die Menschen werden dir eher zehn Dummheiten als eine Klugheit verzeihen.

Wie viel muß ein Kluger reden, bis man ihm glaubt, er sei klug; ein Narr braucht nur zu schweigen, und man hält ihn für klug!

Es ist bekannt, daß der Mensch die Sprache bekommen hat, um zu schweigen, und ich füge hinzu, der Mensch hat den Verstand bekommen, um sich dumm zu stellen. Dem ersten Menschen ist es mit dem Geschenk der Sprache schlecht gegangen; solange er allein war, hatte er mit niemandem zu sprechen, und als er seine Frau bekam, ist er nicht mehr zu Wort gekommen.

Was ist Ruhm? Ist es der Kranz, einer Tänzerin geworfen? Ist's der Lärm eines Triumphzuges? Ist's der

Duft eines Festessens? Ist es der Strahl eines Ordenssterns?
Ruhm?! Wo ist er zu haben? Auf dem Markt, wo die Theaterkränze gewunden werden; in Journalen, wo Buben zu Gericht sitzen und wo Leidenschaft und Eigennutz die Taxatoren des Ruhmes sind!
Ruhm?! Was ist von ihm zu haben? Ein Lorbeerblatt, angefressen von den Galläpfeln des Neides und durchnagt von der unsterblichen Scheelsucht!
Selber ist der Mensch sein Ruhm! Sein Leben ist sein Monument, und seine Taten oder Werke machen den Kranz, den er noch lebend auf seinen Grabstein setzen muß!

Eigenlob stinkt, darum geh nie ohne Kölnerwasser in eine Künstlergesellschaft.

«Irren ist menschlich.» Die Leute glauben daher, sie sind schon menschlich, wenn sie sich irren, da irren sie sich aber unmenschlich!

Das Glück kann Geld bringen, aber keinen Geist. Das ist eben das Glück! Das Glück kann uns auch den Glauben nicht bringen, denn das Glück glaubt nur an sich selbst.

Jedes menschliche Herz hat zwei Grundrechte: die Liebe und den Haß. Der Haß hat seine Berechtigung wie die Liebe; wer nicht gründlich hassen kann, kann nicht gründlich lieben; aber leider hat der Haß eine

Leidenschaft vor der Liebe voraus; die Liebe kann nicht immer auf Gegenliebe rechnen, aber wer haßt, dem ist Gegenhaß gewiß.

Eine gute ehrliche Haut – das sind die meisten Menschen. Die Haut ist immer ehrlich, was aber tiefer ist, unter der Haut, das ist freilich oft anders.

Kein Mensch weiß, wie er inwendig aussieht, selbst wenn er in sich geht!

Es ist nicht alles eins, ob man von einer schönen Empfindung erschüttert wird oder von einer Pulverexplosion! Es ist nicht gleich, wie man erhoben wird, ob von einer großen Idee oder von einem Galgen! Es ist nicht dasselbe Resultat, wie man uns Tränen entlockt, ob durch eine rührende Rede oder durch Stockprügel! Es ist nicht gleich, wie wir gespannt werden, ob durch die Regung des Herzens oder durch die Dehnleiter!

Der Kummer, den die Nacht verborgen,
Kömmt an den Tag doch wunderbar,
Man geht zu Bett mit schwarzen Sorgen,
Und man erwacht mit weißem Haar!

## Was man dazu wissen sollte

Wer 1830 von Berlin nach Frankfurt am Main reiste, passierte etwa zwanzigmal eine Landesgrenze. Der

deutsche Bund war ein Fleckerlteppich von 38 Staaten.
Gewaltiger Fortschritt: seit 1821 gab es die Schnellpost, mit der man für die Strecke Berlin–Magdeburg nicht mehr 36, sondern nur noch 15 Stunden brauchte. Blieb aber der Wagen stecken, waren alle Zeitpläne zunichte. Karl von Holtei, der wie Saphir als Rezitator ständig unterwegs war, rechnete mit einer postalischen Tagesleistung von drei Meilen.
Die Postwagen waren meist nur Leiterwagen, knallig angestrichen. Die Postkutschen des Thurn-und-Taxis-Regals waren berühmt und gefürchtet – wegen dem Durst ihrer Postillione. Sie hielten vor jedem Wirtshaus, das gutes Bier ausschenkte.
Seit 1813 gab es in Berlin Briefkästen. Sie waren aus Holz. Vorher mußte man seine Briefe ins Postcomptoir bringen.
Der Walzer gilt nicht mehr als sündhaft, und sogar die flotte Polka wird gesellschaftsfähig.
400000 Einwohner hat Berlin 1850 – das waren rund 100000 mehr als Wien.

# Er und sie im Schnürkorsett

## Liebe und Ehe

Haben Sie noch nicht darüber nachgedacht, wie sonderbar die Benennungen der beiden Geschlechter sind? Warum sagt man «Frauenzimmer» von einem weiblichen Wesen und von einem männlichen Wesen nicht auch «Männerzimmer»? Warum sagt man hingegen «Junggeselle» und nicht «Mädchengeselle»?
Nun, die Frauen sind in der Liebe sogleich Meisterinnen, die Männer sind zuerst jahrelang Lehrbuben und bekommen von der Meisterin gar viele Kopfbeutler, ehe sie Gesellen werden.
Bis sie Meister werden, müssen sie lange warten, und da die Ehe ein Krieg ist, so müssen die Junggesellen erst auf die Wanderschaft gehen, denn sie müssen für den Ehestand fechten lernen.
Ebenso gerechtfertigt als der Name Junggeselle ist der Name «Frauenzimmer», denn die Frauen und die Frauenherzen sind wie die Zimmer.
So ein Frauenherz hat, wie ein Zimmer, mehr Fenster als Türen, es schaut mehr heraus als hineingeht; gar viele Frauen sind wie die Zimmer, sie werden geputzt und schön zusammengeräumt, wenn Fremde kom-

men; für den Mann sind sie ungeputzt und unaufgeräumt gut genug!

Im Anfang schuf der Himmel den Mann und dann die Frau. Warum wurde im Anfang nicht die Frau erschaffen? Weil der Himmel wußte, daß mit den Frauen nichts anzufangen ist.

Der Himmel hat dem Menschen zwei Gaben geschenkt, um ihn über die Tierwelt zu erheben: das «Denken» und das «Sprechen».
Da der Mann zuerst erschaffen wurde, so hat er für sich das Beste genommen: das «Denken»; die Frau kam später und bekam das «Sprechen».
Darum ist «der Gedanke» männlich, «die Sprache» weiblich; drum heißt's «Muttersprache» und nicht «Vatersprache».
Wenn sich der Mann «Gedanke» mit der Frau «Sprache» vermählt, so steht der Gedanke gar oft unter dem Pantoffel der Sprache und hat nichts mehr zu sagen!

Als unser Herrgott Adam erschuf, verbot er ihm, von dem Baume zu essen, allein, um desto sicherer zu sein, gab er Adam im Schlaf eine Frau, in der Hoffnung, daß ihm dann aller Appetit vergehen werde!

Wenn Adam den Apfel bekommen hätte, er hätte Eva keinen Bissen davon gegeben; denn die Männer genießen die verbotenen Früchte gerne ganz allein!

Holofernes war gegen andere Männer noch glücklich daran! Andere Männer verlieren nach der Hochzeit bloß den Kopf und behalten die Frau, Holofernes hat wenigstens beide auf einmal verloren.

Man weiß, daß die weise Vorsehung deshalb den Frauenzimmern keinen Bart schenkte, weil nicht alle so lange schweigen können, bis sie rasiert sind.

Während des Rasierens hat man, wenn auch nicht die besten, doch gewiß die wahrsten Gedanken. Denn man ist nur dann wahr, wenn einem das Messer an der Kehle sitzt!

Es gibt nur ein Mittel, die Frauen zum Schweigen zu bringen, nämlich: sie ausreden zu lassen!
Wenn ich einen Elegant die Geburtsorte seiner Kleidungsstücke angeben höre, wenn er z. B. sagt: dieser Ranking ist aus Ostindien, diese Manschetten sind aus Lyon, dieser Handschuh aus Grenoble, dies Leder kommt aus Brasilien, diese Leinwand aus Holland usw., dann weiß ich, daß sein Verstand nicht weit her ist.

Die Männer glauben, sie seien geboren, um glücklich zu sein, und die Frauen glauben, sie seien geboren, um glücklich zu machen!

Was heißt bei den Männern «die besten Jahre»? Die Jahre, in denen man sie am leichtesten zum besten haben kann. Ein Mann im besten Alter ist ein Mann, an dem das Beste ist, daß er endlich alt wird!

Was heißt: «Eine Frau in den besten Jahren»? Das heißt: Eine Frau in den «besten Kleidern»! Je besser und je höher die Jahre, desto besser und höher die Kleider! Man frage nur die Schneider: die besten Jahre sind immer die besten Kunden.

Der Mann muß durch Verstand und Stärke regieren; das Weib durch Neigung und Liebe beherrschen! Eine schöne Wirtschaft! Der Mann regiert und das Weib herrscht! Wenn noch ein Hausfreund dazukommt, welcher gebietet, so sind die drei Gewalten beisammen.

Wenn jemand einen Gedanken hat, der ihn quält, so muß er sehen, daß er auf andere Gedanken kommt. Wenn jemand ein Weib hat, das ihn quält, schaut er auch oft, daß er auf andere Weiber kommt.

Wenn ich einen Mann reden höre, so will ich es ihm sogleich abhören, ob er ledig oder verheiratet ist. Ein lediger Mann spricht in einem Zuge fort, er sieht sich während der Rede nicht um. Wenn ein verheirateter Mann lange spricht, so sieht er sich nach jedem Satz verwundert und ängstlich um, ob ihm die Frau noch nicht in die Rede gefallen ist.

Wenn die Männer geringschätzig von Frauen reden, so sollten sie sich tief in ihre Seele hinein schämen, daß sie ihnen doch das Heiligste anvertrauen, was sie im Leben haben: die Erziehung ihrer Kinder!

Warum trinken die Männer bloß außer dem Hause und haben nie einen Rausch zu Hause? Weil sie sich fürchten, ihre Frau doppelt zu sehen.

Es existiert ein Buch: «Die Kunst, mit Frauen glücklich zu sein», aber das ist keine Kunst, mit allen Frauen glücklich zu sein, die Kunst besteht darin, mit seiner Frau glücklich zu sein.

Die Ehemänner existieren stets in zwei Ausgaben. In einer feinen Ausgabe für die Welt und in einer groben Ausgabe für die Frau Gemahlin!

Die Mädchen sind wie die Kerzen, je mehr sie in die Luft kommen, desto leichter schmelzen sie, desto früher sind sie ausgebrannt.
Die Mädchen sind wie die Kerzen, je öfter sie ausgehen, desto weniger sind sie nutz, und je öfter sie ausgehen, desto weniger taugen sie fürs Haus!

Frauenzimmer dürfen Vorurteile als Grundsätze adoptieren.

Viele Frauenzimmer, die zu sehr wählen, bedenken bloß in ihrer Jugend nicht, daß die Mädchen wie die

Bäume sind: je mehr sie in ihrem Frühling ausschlagen, desto mehr sehen sie im Herbst von sich abfallen.

Es gibt kein edleres Wesen als Frauenzimmer. Es putzt sich oft bloß seiner ärgsten Feindin zuliebe!

Der Umgang mit gebildeten Frauen ist die Schleifmühle des männlichen Charakters, der Schmelztiegel seiner Sitten und die Retorte seiner Leidenschaften.

Die Weiber sind das Treibhaus schöner Talente, die Akademie, aus der die Männer als Künstler ins Leben hervorgehen.

Was ist das Leben eines Frauenzimmers? Von 18 Jahren bis 25 der Siebenjährige Krieg zwischen Herz und Verstand. Von 25 bis 55 der Dreißigjährige Krieg der Natur mit dem Schneider, und von da weiter die hartnäckige Verteidigung einer alten Zitadelle gegen die sturmlaufenden Jahre.

Warum verlieren die Mädchen den Namen, wenn sie heiraten? Weil sie sonst nichts dabei zu verlieren haben.

Die Frau nimmt in der Ehe den Namen des Mannes an, so wie ein Sieger den Namen der Schlacht annimmt, die er gewonnen hat.

Die verehelichten Frauen führen zuweilen den Familiennamen ihres Mannes mit eben dem Rechte, als die neue Welt den Namen Amerika. Wenn sie nach demjenigen hießen, der die erste Entdeckungsreise in ihre Herzensländchen machte, würden sie oft viel andere Namen führen.

Weiber und Uhren haben viel Ähnliches; bei beiden wird oft die Fasson teurer bezahlt als der innere Gehalt. An beiden ist nur das Zifferblatt verschieden, die innere Machination ist bei allen dieselbe. Sie sind nur darin verschieden, daß man bei den Uhren noch immer ziemlich gut weiß, wieviel es an der Zeit sei – bei Weibern hingegen nie: wieviel es geschlagen habe.

Was ist der Unterschied zwischen einem Frauenzimmer und einem brennenden Licht? Ein brennendes Licht brennt für den, von dem es geputzt wird; ein Frauenzimmer hingegen wird oft von diesem geputzt und brennt für einen andern.

Zanken und schreien muß ein Ende nehmen; die stärkste Lunge wird müde und der rastloseste Mund erschöpft sich, aber zum Schmollen braucht man weder Mund noch Zunge, schmollen kann man immerfort.

Einer Frau, die schreit, der kann man in die Rede fallen, man kann sich die Ohren zuhalten; allein, wie will man einer Frau ins Schmollen fallen? Eine Frau, die schreit, die kann man, wenn auch nicht überzeugen, doch überschreien; allein, wie kann man eine schmollende Frau überschmollen?

Wenn man zu der Frau sagt: «Mein Engel!» so sagt sie gleich: «Den Engel muß man vergolden!» Sagt der Mann: «Mein Schatz!» so sagt die Frau: «Vom gefundenen Schatz gehört dem Finder nur ein Drittel!» Der Mann aber denkt sich: «Nein! Einen Schatz muß man eingraben!» Besonders soll sich der Mann hüten, zu seiner Frau zu sagen: «Meine Teure!» sonst begehrt sie gleich eine Teuerungszulage!

Warum sehen sich die Frauen selten um, wenn sie spazieren gehen, die Männer aber immer?
Weil die Männer von Orpheus gehört haben, welcher, weil er sich umsah, seine Frau verlassen durfte!

Ich begreife nicht, daß die Männer auf einen Kuß so große Stücke halten. Was ist ein Kuß gegen einen Blick?! Einen Kuß kann man rauben, stehlen, ein Blick muß uns gegeben, geschenkt werden! Ein Kuß ist stumm, leblos, ein Blick spricht, klagt, versichert, tröstet. Ein Kuß läßt in der Erinnerung nichts zurück, ein Blick lebt ewig vor unserer Erinnerung. Ein Kuß kann verhindert werden, ein Blick nicht.

Überhaupt ist es ein Vorurteil, wenn man sagt, die erste Liebe ist die stärkste. Es ist nicht wahr, die erste Liebe ist wie die ersten Zähne, die wackelt am geschwindesten. Die zweite Lieb' wackelt schon weniger, die zwanzigste, dreißigste Liebe wackelt am wenigsten.

Nicht, wie der Mann von seiner Liebe spricht, sondern wie er von ihr schweigt, spricht für seine Liebe.

Der Mann sucht in der Liebe einen Vertrauten, dem er erzählt, wie er liebt; das Weib eine Vertraute, um zu erzählen, wie sie geliebt wird.

Dennoch wohnt die wahre Liebe nur im weiblichen Herzen, die Männer besitzen bloß eine Übersetzung der Liebe, eine freie, aber keine treue!

Die Liebe ist der Schlüssel zum weiblichen Herzen, aber ein Schlüssel paßt eben nur zu einer bestimmten Tür; die Eitelkeit ist der Dietrich zum weiblichen Herzen, sie schließt alle auf.

Die Liebe ist der Schlüssel zum weiblichen Herzen, aber der Geliebte vergißt oft, das Herz hinter sich zuzuschließen, und so bleibt es dann für jedermann offen.

Der Mann liebt in der Liebe nicht so sehr das, daß er liebt, sondern daß er geliebt wird. Darum sind die Männer noch eifersüchtig, wenn sie schon längst aufgehört haben zu lieben; die Frauen aber eifern nur, solange sie lieben.

Wenn man ein weibliches Herz besetzen will, muß man nicht warten, bis der frühere Liebhaber sich zurückzieht, denn ein zurückgezogener Nebenbuhler ist nur eine halbe Freude, ein hinausgeworfener Nebenbuhler ist ein herrlicher Anblick.

Zwischen einem Verliebten und einem Hungrigen ist nur der Unterschied: bei einem Hungrigen muß der Magen ein gutes Herz haben, bei einem Verliebten muß das Herz einen guten Magen haben.

Die Frau wünscht nichts, als daß der Mann ihr Herz errate, der Mann wünscht nichts, als daß die Frau seinen Magen errate!

Und doch ist die Art, wie man liebt, wichtiger, als die Art, wie man lebt.

Man kann sich sein Leben versichern lassen, wer versichert uns aber unser Lieben?

Alle Arten von Liebe, die unter euch in so verschiedenen Gestalten kursieren, sind nichts als falsche Abschriften eines Originals, welches verlorengegangen ist.

Ein Sprichwort sagt: «Aller Anfang ist schwer.» Bei einer Liebschaft ist dies aber nicht der Fall. Ein Anfang findet sich bald, aber wenn man ein Ende machen will, geht's nicht so leicht. Eine Geliebte kriegen, das macht sich schnell, aber sie loskriegen, wird schwierig.

Ein anderes Sprichwort sagt: «Wer 's Glück hat, führt die Braut nach Haus.» Das soll wohl heißen: Wer das Glück hat, führt sie wieder nach Haus, nach Haus zurück, wo er sie geholt hat.

Die Liebe ist wie ein Krieg! Es macht viel Freude, wenn man einen Sieg erringt, aber mitunter kann man sich noch glücklicher preisen, wenn einem ein geschickter Rückzug gelungen ist!

Die Kriegsliebe in der Ehe beginnt immer mit einem Wortgefecht! Da bleiben die Frauen immer Sieger mit der Zunge! Man kann sagen: sie umzüngeln den Feind!

Die Liebe ist ein bewaffneter Friede, die Ehe ein entwaffneter Krieg.

In der Liebe vergeht ein Jahr wie ein Tag, in der Ehe vergeht ein Tag wie ein Jahr, darum rüste sich jeder Ehemann an jedem Sonntag zum Siebenjährigen Krieg!

Ich muß gestehen, ich hab in meinem langen Leben noch keinen Menschen gekannt, der den Verstand aus Liebe verloren hat; aber ich habe viele Menschen gekannt, die aus Verstand die Liebe verloren haben.

In der Liebe verlieren die beiden Liebenden den Kopf, und da die Liebe blind ist, so können sie den Kopf nicht wieder finden.

In der Liebe verliert man den Verstand, in der Ehe sieht man erst, was man verloren hat.

Liebe und Ehe! Liebe ist die Ouvertüre zur Oper der Ehe! Allein jetzt trifft sich's oft, daß eine Oper gegeben wird, und eine ganz fremde Ouvertüre dazu! Ja, manche Ehe-Oper wird ganz ohne Ouvertüre gegeben!

Man sagt, die Liebe ist eine Himmelsleiter. Das ist möglich, aber dann ist die Ehe auch eine Himmelsleiter!
Auf der einen Leiter steigt man zum Himmel hinauf, auf der andern vom Himmel herunter.

Die Ehen werden im Himmel geschlossen und auf der Erde vollführt. Darum ist der Unterschied vor und nach der Ehe so weit verschieden wie der Himmel von der Erde.

Die Frauen betrachten die Ehe als ein Lustspiel, das mit der Hochzeit anfängt; die Männer betrachten die Ehe als ein Trauerspiel, das mit dem Tode aufhört.

Die Ehe ist das Grab der Liebe, und die Frau ist sogleich das Kreuz darauf!

In der Ehe beweist der Mann alles und behauptet nichts, die Frau beweist nichts und behauptet alles.

Ein Ehemann hatte einen wilden, kleinen Jungen, welcher die ganze Nacht gewaltig schrie, und die Mutter wiegte ihn beständig; endlich sagte sie zum Manne, der nicht wiegen wollte: «Mann, das Kind gehört halb mir, halb dir, so kannst du es auch wiegen»; der Mann aber antwortete: «Weißt du was, wieg du deine Hälfte, ich laß meine Hälfte schreien.»

Warum sagt man: Muttersprache und nicht: Vatersprache? Weil man zwar immer gewiß weiß, was die Mutter für eine Sprache spricht, aber nicht immer, was der Vater für eine Sprache spricht.

## Was man dazu wissen sollte

Die Männer wünschten sich die Frauen als romantische Elfen. Und prompt kleideten sich die Frauen so: Wespentaille dank Korsett, viele weite runde Röcke, lange spitzenbesetzte «Beinkleider», dekolletierte Schultern, die ein breiter Umhang oft nur ahnen ließ. Der Schuberhut behütete das von Locken und Löckchen umrahmte Gesicht. Wer auf sich hielt, trug Mittelscheitel. Die Schuhe, bedingt durch das Kopfsteinpflaster, waren absatzlos.
Die Frauen mit den schwärmerischen Augen aber wünschten sich die Männer als Beschützer. Und

prompt kleideten sich diese so: Mit Vatermörderkragen und Zylinder machten sie sich älter als sie waren. Man trug einen farbigen, stark taillierten Frack, bestickte Westen, lange, enge Hosen ohne Umschlag. Die erotischen Wunschbilder waren somit modisch festgelegt. Wie aber realisierte man sie? Die Frau, so wird ihr damals beigebracht, ist nichts als passiv empfangendes Instrument seiner Leidenschaft. Alle Aktivität geht vom Mann aus. Den «Erfolg» solcher Erziehung hat Heine in seinem Vierzeiler zusammengefaßt:

«Blamier mich nicht, mein schönes Kind
und grüß mich nicht unter den Linden,
wenn wir nachher zusammen sind,
wird sich schon alles finden.»

# Witz
# Gold der Armen

## Geld und Schulden

Die Welt wird eingeteilt in zweierlei Menschen, solche, die Geld haben, und solche, die kein Geld haben. Letztere sind aber gar keine Menschen, es sind entweder Teufel, nämlich: arme Teufel, oder es sind Engel, nämlich: Engel der Geduld!

Man sagt: «Das Geld kommt nicht recht unter die Leute!» Das ist nicht wahr! Die rechten Leute kommen nicht unters Geld! Wenn nur die rechten Leute das Geld hätten, so käme das Geld schon recht unter die Leute!

Wer hat das Geld? Die reichen Leute! Das ist das Unglück! Wenn einmal die armen Leute das Geld hätten, dann würden wir erst sehen, was so ein reicher Kauz für ein armer Teufel ist!

Was ist Geld? Geld ist derjenige Klumpen, den unser Herrgott ganz unbedeutenden Menschen anhängt, damit sie in seiner Schöpfung nicht ganz verlorengehen.

Was ist Geld? Geld ist eine Ziffer, die nur bei Nullen, die sich selbst hintansetzen, großen Wert gewinnt.

Was ist Geld? Geld ist ein metallener Stiefelabsatz für kleine Leute, damit man glaube, sie wären ebenso groß wie andere.

Was ist Geld? Geld ist die rätselhafte Erklärung eines Wesens, welches sein Ich mit folgenden Worten definiert: «Wäre ich nicht, was ich habe, so hätte ich nicht, was ich bin.»

«Kein Geld» ist eine leise Einladung, Schulden zu machen, und ein lauter Befehl, sie nicht zu bezahlen.

«Kein Geld» ist die romantische Ehe von zwei Silben, die ein Leib und eine Seele sind und die in siebzig Jahren dennoch weder eine silberne noch eine goldene Hochzeit feiern.

«Kein Geld» ist ein Gassenhauer, den die gemeinen Menschen laut singen, die vornehmen aber nur in ihren vier Wänden zwischen den Lippen summen!

«Kein Geld» ist ein leichtes Kopfweh bei hohen Herrschaften, eine Übelkeit beim Adel, eine Krankheit beim Militär und ein tödlicher Nervenschlag beim Kaufmann.

Warum ist bei vielen Menschen Geld der einleuchtendste Grund? Weil er auf der Hand liegt.

Die ganze Welt sagt laut, die halbe Welt habe kein Geld, und die halbe Welt weiß still, daß die ganze Welt kein Geld hat!

Die ganze Welt reimt sich auf Geld. Das ist wahr, darum ist bei dem jetzigen Geldmangel die Welt so ungereimt.

Nie ist das Urteil der Menschen weniger wert gewesen als seit Erfindung des Papiergeldes, denn sie beurteilen alle nach dem Schein.

Der Mann von Geist hat das, was er ist, der Mann von Geld ist das, was er hat.

Geld und Kredit! Zwei rare Sachen! Geld braucht man am meisten, wenn man's nicht hat, und Kredit hat man am meisten, wenn man ihn nicht braucht!

Es gibt nur eine brennende Frage: «Wo nimmt man Geld her?» Diese Feuerfrage kann auch nur durch ein Löschungsmittel gelöscht werden: durch Pumpen! Täglich mehren sich die brennenden Fragen, aber immer seltener werden die Pumper.

Die Schulden des Menschen sind wie die Kinder, solange sie im Wachsen sind, verzehren sie ungeheuer.

Auch in anderer Hinsicht sind die Schulden wie die Kinder; nur solange man kleine hat, machen sie einem Sorgen, wenn man sie glücklich groß gezogen hat, dann ernähren sie sich von selbst, ja sie verheiraten sich untereinander und zeugen Enkel und Urenkel.

Im Leben kann man sich auf nichts so sehr verlassen als aufs Verlassen. Wenn der Mensch Pech hat, wird er bald von allen verlassen. Die Freunde kennen ihn nicht mehr, nur seine Gläubiger halten an ihm fest. Wer im Unglück nicht ganz allein stehen will, der mache im Glück nur recht Schulden!

Es ist sonderbar im Leben. Seine Geliebte sucht man oft in allen Straßen und begegnet ihr nicht. Seinen Gläubigern weicht man aus und begegnet ihnen jeden Augenblick.

Eine Berliner Witwe, deren Mann früher gestorben war, ehe sie Zeit hatte, ihn umzubringen, hatte mich in ihrem Testament mit 60000 Talern bedacht. Denken Sie sich, 60000 Taler! Als der Rechtsfreund, der das Testament schrieb, meine großmütige Gönnerin fragte, in welcher Geldsorte und wo sie das Geld habe, antwortete sie: «Ach lieber, juter Herr, ich habe nich eenen roten Heller im Vermögen. Ich habe dem Saphir bloß meinen juten Willen zeigen wollen.»

Warum sagt man eigentlich dankbar? Weil der Mensch gewöhnlich keinen Dank bar ausdrückt.

Also, ich war einmal in Berlin witzig, und zwar in Gegenwart eines Bankiers. Der Bankier sagte: «Saphir, verkaufen Sie mir den Witz, ich gebe Ihnen zwei Friedrichsdor, aber er gehört ganz mir.» Zwei Friedrichsdor für einen Witz! Ein Tauschgeschäft, Geld auf Witz! Wir haben beide ein schlechtes Geschäft gemacht; wenn er den Witz erzählt hat, so sagten die Leute: «Wie kommt der zu so einem guten, baren Witz?» Und wenn ich die zwei Friedrichsdor zeigte, so sagten die Leute auch: «Wie kommt der zu zwei baren Friedrichsdor?»

Witz ist eine Pointe ohne Metall, Geld ist ein Metall ohne Pointe. Witz ist ein Geld, das nur mit dem Geiste geprägt ist; Geld ist ein Witz, den man mit den fünf Fingern greifen kann. Beim Witz geben die Falschmünzer Fremdes für Selbstgemachtes aus, beim Geld geben die Falschmünzer Selbstgemachtes für Fremdes aus.

Witz ist die Geistesgegenwart des Gehirns, Geld ist die Geistesgegenwart der Tasche. Witz ist das Vermögen, den Unterschied aller Dinge zu erfassen; Geld ist das Vermögen, alle Dinge ohne Unterschied zu erfassen. Witz ist ein glänzendes Talent, Geld ist das Talent des Glänzenden.

Witz besticht und Geld besticht, allein Witz besticht bloß das Urteil, Geld aber die Beurteiler. Witz ist ein stiller Beruf, sich Feinde zu machen, und ein lauter Befehl, sich auszulachen; Geld ist eine laute Anklage, sich Freunde zu machen, und ein ausgebildetes Talent, keine zu besitzen.

## Was man dazu wissen sollte

Ein preußischer Taler entsprach damals etwa 5 DM heutiger Währung. Er hatte 17,3 Gramm Silber. Außer dem Gelderwerb durch Arbeit kamen im Biedermeier zwei weitere Möglichkeiten auf: Das Lotteriespiel war die eine. 1832 wurde die preußische Lotterieeinnahme gegründet. Die andere war Gelderwerb durch Heirat. Die ersten Heiratszeitungen erschienen und bewiesen in der Formulierung der Inserate, daß man den praktischen Nutzen einer Ehe wohl erkannt hatte. Da hieß es: «Ein honettes Frauenzimmer sucht Ehegefährten, guten Doktor oder Advokaten, zur Aufmachung einer Erbschaft.» Oder: «Ein Mann mit Aussichten auf ein gutes Gewerbe wünscht eine Frau, die wenigstens 1500 Taler besitzt.»
Balzac aber fand noch eine dritte Methode, um aus seinem chronischen Geldmangel herauszukommen: Er schrieb, und ließ es sich honorieren, das Feuilleton: «Die Kunst, seine Schulden zu bezahlen.»

# Die Zeit im Brennglas

Feuilletons

## Allerlei Taschen-Spielereien

Ein Mensch mit all seinen Taschen ist wie das Konversations-Lexikon. Sucht man das Geld in der Westentasche, sagt sie: «Siehe Brusttasche», kommt man zur Brieftasche, so findet man dort erst recht nicht, was man braucht.

Wenn's die Taschen erlauben, wollen wir sie einmal näher betrachten und sehen, was an oder in ihnen ist.

Die Brusttasche. Sie ist die Finanzministerin. Wenn diese Tasche nur recht weit und voll ist, mag die Brust noch so eng und leer sein, so darf man sich doch brüsten.

Nur derjenige, der viel auf der Brust hat, darf frei von der Brust weg reden! Die Papierblätter der Brusttasche sind die wahren Brustteeblätter gegen das Hüsteln der Verlegenheit und gegen die Heiserkeit der Stimme der Wahrheit. Wer solche Blätter in der Brusttasche hat, braucht kein Blatt vor den Mund zu nehmen.

Nach der Brusttasche spielt die Brieftasche oder die

Ministerin der inneren und äußeren Angelegenheiten eine Hauptrolle.
Bei den Damen ist sie die oberste Instanz der Herzenskammern, bei Verliebten der Hafen- und Stapelplatz aller ein- und auslaufenden Liebesbriefe und der Trophäensaal erbeuteter Locken und Schleifen.
Bei Ehemännern die Familiengruft für das Bild der in ihrer Liebe längst verstorbenen Gattin.
Nicht zu vergessen ist hier die Schultasche. Sie ist dem Knaben ungefähr das, was für den Soldaten die Patronentasche ist. Sie ist das tragbare Arsenal des Wissens, in ihr liegt die Munition zum Kampf wider Indolenz, Rückschritt und Verfinsterung.
Wie Napoleon I. einst sagte: «Jeder Soldat trägt in seiner Patronentasche den Marschallstab», so kann man heutzutage von jedem Knaben sagen: «Er trägt in seiner Schultasche ein Ministerportefeuille»; freilich wird nicht jeder Schulknabe Minister, dafür wird hie und da ein Minister wieder zum Schulknaben. Er ist mitunter seiner Aufgaben nicht gewachsen und weiß auf manches nicht zu antworten, um das er gefragt wird.
Wie der Soldat jetzt schneller schießt, so muß auch der Knabe jetzt schneller lernen als früher. Dabei wird sogar zuweilen das Ziel überschossen, und man zwängt in die Schultasche so manches hinein, was sie ganz unnötig schwer macht.
Die Schultasche paßt nur für die naiven Kinderjahre; später wirft der Mensch mit der Schultasche noch andere, unpraktisch gewordene Dinge ab; er lernt dann

in der Schule des Lebens, daß die oberen Klassen immer besser dran sind als die unteren, selbst wenn sie wenig gelernt und viel vergessen haben.
Hier sei nun auch berücksichtigt die Reisetasche. Sie ist entweder in kleinerem, feinerem Format eine Umhängetasche, oder sie dient in größerer, gröberer Gestalt zur Aufbewahrung von Wäsche, Toilettenartikeln und sonstigen Dingen, welche man nicht sofort zur Hand braucht.
Die kleine Umhängetasche nimmt im Vergleich zur großen Reisetasche ungefähr dieselbe bevorzugte Stellung ein, wie der kleine Schoßhund im Vergleich zum großen Hofhund.
Während die Umhängetasche stets an der Seite ihres Herrn bleibt und sich im Personen-Coupé meistens in angenehmer Gesellschaft befindet, muß die Reisetasche, welche vom Eigentümer «aufgegeben» wird, sich in der Gepäckabteilung herumwerfen, mit Kleister beschmutzen, mit allerlei Zetteln bekleben lassen und die oft recht lästige Annäherung nasser, schmieriger, vernachlässigter Exemplare ihrer Gattung dulden. Dennoch kehrt sie immer wieder zu ihrem Herrn und Gebieter zurück und bewahrt – wie ein treuer Hofhund – das ihr Anvertraute zuverläßig und gewissenhaft.
Auf einem etwas abseits führenden Gedankengange treffen wir die Plaudertasche. Gewiß war dies in der Welt die erste Tasche.
Sie existiert schon im Paradiese, also noch bevor es Taschner und Kleidermacher gegeben hat. Hätte Eva

mit der Schlange nicht geplaudert, hätte ihr die Schlange keinen Apfel angeboten, und wir wären noch alle im Paradiese.
Die Plaudertasche steckt jederzeit voll Geschichten und Neuigkeiten, und soviel sie auch davon unter die Leute bringt, wird sie doch niemals leer.
Wie ein einziger Laut den Sturz einer Lawine verursachen kann, so ist ein Anschlagwort genügend, um bei der Plaudertasche die Lawine ins Rollen zu bringen. Sie fängt an zu plaudern, die Masse vergrößert sich immer mehr, bis sie ganze Gegenden samt Häusern und Bewohnern niederplaudert und man oft hundert schwer beschädigte Namen aus dem Schutt der Worte herausgraben muß.
Die Maultasche erhält gewöhnlich jener, welcher das Maul auf dem rechten Fleck hat und es nicht halten kann.
Es gilt nicht für anständig, eine solche Tasche einzustecken. (Gewöhnlich gibt jener, welcher eine Maultasche bekommt, wieder eine zurück).
Eine tüchtige Maultasche ist oft das einzige Mittel, um eine in Bewegung geratene Plaudertasche zum Stillstand zu bringen – wenigstens auf eine Weile.

## Wie man Liebesbriefe schreibt

Ach! und warum: ach? Deshalb, weil der Mensch an nichts so sehr merkt, daß er alt wird, als an seinen Liebesbriefen!

Nicht an den grünen Erbsen, die er nicht mehr so gern ißt als in der Jugend; nicht an den Stiefeln, die er gerne immer weiter und breiter trägt; nicht daran, daß man nach und nach immer mehr Freund von Suppen wird, sondern daß man immer weniger Talent verspürt, Liebesbriefe zu schreiben!

In der Jugend schreibt man zehn Liebesbriefe an einem Tage, und alle atmen glühende Leidenschaft, und jeder ist eine Brandfackel, geschleudert in eine Pulvertonne!

Sie fangen alle an: «Könnte ich meine Feder in die Sonne tauchen!» oder «Was der Tau der lechzenden Rose, das Licht dem im Finstern Wandelnden, das war der Anblick» usw. Oder: «Ihr Sterne da oben, du leuchtende Sonne, leiht mir eure Strahlen», oder: «Wenn Sie zürnen, so zürnen Sie über die Allmacht Ihrer Reize», oder: «Ich habe lange gekämpft, aber hinweg, nagende Geier, hinweg, blutgieriger Gedanken!» usw. usw.

Aber wenn man einmal die Linie passiert, die Mittagslinie des Lebens, d. h. wenn man einmal über die Lebenshälfte hinaus ist und bei dem schönen Geschlechte schon die «Favoriten-Linie» hinter sich hat, da kommen einen die Liebesbriefe blutsauer an!

Indessen die Praxis muß aushelfen! Die erste Bedingung eines Liebesbriefes ist: Unleserlichkeit! Je weniger die Schöne davon lesen kann, desto mehr Eindruck macht er auf sie!

Die zweite Bedingung ist: Keinen Respektrand! Nur keinen weißen Rand an einem Liebesbrief! Weder

oben noch unten! Die obere Hälfte der Anfangszeile und die untere Hälfte der letzten Zeile müssen, wo möglich, noch auf dem Tische geschrieben sein!
Die dritte Bedingung ist: Wenigstens ein Klecks! Ein Klecks ist eine Licentia erotica! Ein Klecks in einem Liebesbriefe, c'est de rigueur!
Wenn die Geliebte von dem ganzen Brief auch nichts lesen kann als den Klecks, so ist das schon genug! Ein Klecks ist nichts als das Symbol überströmender Empfindung; die Kleckse gehören zu den Privilegien der Liebe. Man sehe einmal die Archive der Liebe durch, die letzten Briefe, die man von der Geliebten bekommt, sind immer ärmer an Empfindungen und an Klecksen, und die Weltgeschichte hat kein Beispiel, daß ein Abschieds- und Absagebrief je einen Klecks aufzuweisen hat!
Die vierte und Hauptbedingung ist endlich: Er muß geschmuggelt werden! Ein Liebesbrief, der auf geradem Wege, und ein Liebhaber, der zur offenen Türe hereinkommt, sind nicht halb so pikant als ein Brief, der auf Schleich- und Winkelwegen, und ein Liebhaber, der zum Fenster hereinkommt.

## Gedanken aus meinem Fussteppich

*Alle Sonnabend abends wird der Fußteppich bei meinem Schreibtisch ausgestaubt und gelüftet; da findet mein Bedienter so manchmal Gedanken, die mir beim Schreiben unter den Tisch gefallen und am Teppich*

*hängengeblieben sind. Ich habe sie ihm wieder abgekauft und ihm die Erlaubnis erteilt, dann und wann seine Gedanken über meine Gedanken zu haben. Es ist nicht das erstemal, daß ein Bedienter bessere Gedanken hat als der Herr.*
*Ich werde nun dem Leser einige dieser eigenen, aus zweiter Hand wieder an mich gekauften «Fußteppich-Gedanken» – dann und wann mit den Gedanken meines Bedienten versehen – mitteilen, bemerke dabei aber ganz bescheiden, daß diese Gedanken schon mit Füßen getreten und dann erst ausgeklopft wurden. Also Nachsicht! Bitte! Bitte!*

Es gibt Menschen, die nie einen guten Gedanken haben, die sind glücklich, denn ihnen geht kein guter Gedanke verloren.

Jeder Arzt liebt seinen ersten Patienten, das ist eine Liebe bis in den Tod!

Der Mensch befindet sich nur da wohl, wo er nicht ist. (Mein gnädiger Herr hat doch zuweilen recht dumme Gedanken! Was heißt nun wieder dieser Gedanke? Ebensogut könnte man sagen: «Dem Leser gefällt eigentlich nur das, was er nicht liest!» Oder: «Der Herr, der gar keinen Bedienten hat, der ist am besten bedient!»)

Nur der Mann hat ein Schicksal, die Frau hat bloß einen Mann oder einen Anbeter.

Wer war der erste Rezensent? – Eva! Sie hat den ersten Apfel heruntergerissen und sich vom ersten besten Blatt gekleidet.

Warum verlieren die Frauen ihren Namen, wenn sie heiraten? Weil sie dann den Mann namenslos beglükken oder beunglücken.

Drei Dinge soll man nicht tun: Ein häßliches Frauenzimmer soll man nicht küssen, denn sie rühmt sich dessen gewiß; mit einem dummen Kerl soll man nicht zanken, denn man kann nie voraus wissen, wie dumm die Dummheit antwortet; und von einem Mann, der selbst Schulden hat, soll man nichts ausleihen, denn er kann nicht verschweigen, daß er Kollegen hat!

Die bezeichnendste Überschrift ist wohl folgende, die ich in irgendeiner Zeitung gelesen habe:

«Verspätet»

«Vorgestern ist meine Frau usw. gestorben.»

Ein Ring ist ein Sinnbild der Ewigkeit; kaum hat der Mann den Trauring am Finger, so scheint's ihm schon eine Ewigkeit!

Hat man schon Löwen gesehen, die einen Hund hetzen? Nein, aber umgekehrt!

## Vortrags-Rezept
oder:
Leichtfasslicher Unterricht und Anweisung
für ein sehr geehrtes Publikum,
sich in Zukunft
die humoristischen Vorlesungen selbst
auf die schmackhafteste Weise
bereiten zu können
und kein Geld dafür ausgeben zu müssen.

Ohne Ihre außerordentliche Belesenheit im entferntesten in Zweifel zu ziehen, wage ich es dennoch, daran zu zweifeln, daß Sie alle die neueste Auflage der «Vollständigen Wiener Köchin» gelesen haben, besonders von dem weiblichen Geschlecht bezweifle ich das. Ich schäme mich nicht zu gestehen, daß ich jede neue Auflage dieses Buches aufmerksam durchgelesen habe.

Daß dieses Interesse aber bloß dem Werke und nicht der Verfasserin gilt, mögen Sie daraus entnehmen, daß auf dem Titelblatte steht: «Verfaßt nach eigener 45jähriger Erfahrung.»

Man sagt, die Erfahrung ist die Mutter der Weisheit, das ist möglich, ich habe diese Erfahrung noch nicht gemacht, aber gewiß ist's, daß sie die Großmutter der Dummheit ist. Wir haben im neunzehnten Jahrhundert Erfahrungen gemacht, die man sonst in drei Jahrhunderten nicht gemacht hat; wenn jede dieser Erfahrungen die Mutter einer Weisheit wäre, wo stecken dann die vielen Weisheiten unseres Jahrhunderts?

Allein in der Küche, in der Kochkunst, da ist jede Erfahrung die Mutter irgendeiner Weisheit. Die Verschwender können aus dem Kochbuch lernen, wie man durchschlägt; die unglücklichen Liebhaber, wie man abbrennt; die Journalisten, wie man «Gebackenes Heu» bereitet; und um auf dem Lebensweg vorwärtszukommen, genügt es, im Kochbuch zu lesen.
Selbst für eine gewisse Gattung von Frauenzimmern gibt das Kochbuch goldene Lebensregeln; z.B. in dem Artikel «Junge Gans» sagt es: Das Erste und Hauptsächlichste ist, daß sie «schön geputzt» erscheine! «Ferner lasse man sie bei leichtem Feuer etwas anlaufen!»
Die Anweisung der «Wiener Köchin», wie man den Stockfisch zubereitet, ist ganz dieselbe, wie man eine «humoristische Vorlesung» macht; denn diese Anweisung lautet buchstäblich also:
«Nimm einen beliebigen Stockfisch, wasche ihm die Haut tüchtig, gieße eine kräftige Lauge drauf, dann verteile ihn in einzelnen Blättern auf Papier, streue Salz und kleingehacktes Gemüse darauf, und so immer wieder ein Blatt Stockfisch um das andere, und dann gieße eine beliebige Sauce darüber, beim Auftragen aber gib auf die Form gut acht, löse es vom Papier langsam ab und richte es an.»
Ich muß gestehen, ich habe meine Vorlesung ganz nach diesem Modell zugeschnitten.
Seit einer langen Reihe von Jahren halte ich «humoristische Vorlesungen». Zum Danke nun für Ihre Aufmerksamkeit will ich Ihnen sagen, wie man das Ding

macht, was man dazu nimmt, wie man es verarbeitet und wie sie überhaupt im Ganzen zubereitet werden. Man nehme zuerst einen Gegenstand. Was heißt Gegenstand? «Was einem entgegensteht, hinderlich ist», in einer guten Ehe z. B. ist die Frau der einzige Gegenstand des Mannes!

In der Philosophie heißt ein Gegenstand alles, was sich nur denken läßt. Wenn Sie aber zum Unglück gar nicht, so setzen Sie sich nur nieder und schreiben Sie. So mach ich 's wenigstens.

Wenn Sie den Gegenstand zur Vorlesung haben, so legen Sie den Stoff in eine Schüssel und die Gewürze in eine andere. Gegenstände zur Vorlesung sind: Frauen, Advokaten, Ärzte, Eisenbahnen, Dampf, Liebe, Ehe, Geldmangel, politische Anspielungen, Theaterzustände, Emanzipation, Industrie, Deutschland usw. Lauter Dinge, die mit dem «Zeitgeist» gehen.

Haben Sie einmal den Zeitgeist zum Thema Ihrer Vorlesung genommen, dann setzen Sie sich getrost nieder und nehmen Sie gefälligst zuerst die Silbe «Zeit» und ein paar große Hände voll «Geist», mischen das Ding durcheinander und nehmen den Zeitgeist dann in die Arbeit!

Die Zeit ist wie eine Komödiantin, sie hat sich mit dem Geiste bloß vermählt, um sich auf dem Theaterzettel des Lebens «Madame Zeit-Geist» zu schreiben, und da sie sich so schreiben kann, hat sie den Geist wieder sitzen lassen, welcher glaubte, durch und mit der Zeit ein fixes Engagement zu bekommen, dieser ist nun ganz ohne Anstellung, nicht einmal außeror-

dentlicher Professor der unentdeckten Wissenschaften.
Es wird von unserem Geiste soviel für die Zeit getan! Alle Erfindungen gehen darauf aus, Hände und Zeit zu ersparen; dafür wird auch von der Zeit alles getan, um Geist zu ersparen.
Wenn Sie Ihren Gegenstand auf solche Weise zubereitet haben, dann richten Sie sich auf der anderen Seite die Zutaten her, als da sind: Frohe Laune, Humor, Scharfsinn, Einfälle, Pikanterien, Gemüt, Satire, schlagender Witz usw. Diese Dinge sind leicht zu haben, aber schwer zu bekommen; daß man aber auch mit ganz winzigen Teilen von denselben auskommt, davon finden Sie soeben den Beweis!
Witz ist Farbe; mit Witz müssen Sie die Sache färben, aber es muß echte Farbe sein, Witz, der im Waschen nicht ausgeht; denn der Witz ist wie ein unglücklicher Ehemann: wenn er einmal ausgeht, kommt er so bald nicht zurück!
Wenn Sie dieses alles bereitet haben, dann nehmen Sie ein paar Dutzend neue gute Gedanken, die finden sich in jeder Haushaltung.
Die Gedanken sind bescheidener Herkunft, viele große Gedanken werden im kleinen Gehirn geboren!
Man hat eine Sparkasse für Menschen, die wenig Geld haben, da legt ein armer Teufel sein Geld hinein, um es im Notfalle wieder zu haben; warum hat man keine Sparkasse für Leute, die arm an Gedanken sind? Hat nun so ein armer Teufel einen Gedanken, so legt er ihn die Sparkasse, das sollte auch jeder Gedan-

kenreiche tun, denn man kann nicht wissen, wie man plötzlich einen guten Gedanken braucht und keinen hat!
Mit dem letzten Kreuzer, den der Mensch ausgibt, stellt sich der erste Gedanke ein! Darum sehen die Genies immer, daß sie geschwind den letzten Kreuzer ausgeben!
Ebenso ist es mit den «guten Einfällen»: Wie der Mensch kein Geld hat, fallen ihm tausend Dinge ein!
Es gehört also zu einer humoristischen Vorlesung vor allem ein bedeutender Geldmangel!
Ist bei der Bereitung einer humoristischen Vorlesung alles geschickt durcheinandergerüttelt, gestürzt und gewürzt, dann suchen Sie zum Schluß noch einen guten Gedanken. Das ist gar nicht schwer. Man braucht bloß zu sagen: «Ich eile zum Schlusse», dann heißt's gleich: «Ah, das ist ein guter Gedanke!»

## Der Anekdoten-Krampus

Der Herr Zindelkleber wirft jährlich einige tausend Anekdoten ab. Wie der Zwetschgenbaum Zwetschgen trägt, so trägt Herr Zindelkleber Anekdoten. Man braucht ihn nur zu schütteln, so fallen sie zu Hunderten herunter. Es braucht nur ein leiser Wind zu gehen, so fallen sie zu Boden.
Aber der Zwetschgenbaum steht fest, und wer keine Zwetschge will, der geht nicht hin, der schüttelt ihn nicht. Herr Zindelkleber jedoch steht nicht fest, er ist

ein wandelnder Zwetschgenbaum; wenn er nicht geschüttelt wird, so schüttelt er sich selbst, und die Anekdoten fallen grün, gelb, halbreif, verfault auf die Häupter unschuldiger Menschen herab. Die Zwetschgen haben doch Kern; aber Zindelklebers Anekdoten sind ohne Kern.
Ein Zwetschgenbaum gibt im Winter Ruh, Zindelkleber treibt fortwährend Anekdoten, im Winter, im Sommer, im Herbst, im Frühling und in der fünften Jahreszeit, in den Hundstagen!
Ein Zwetschgenbaum trägt alle Jahre neu, Zindelkleber trägt alle Jahre dieselben Anekdoten! Ein Zwetschgenbaum gibt, je älter er wird, desto weniger Zwetschgen. Bei Herrn Zindelkleber ist es umgekehrt.
Wo Herr Zindelkleber wohnt? Er wohnt nicht, sein Reich ist nicht von einer bestimmten Wohnung. Des Morgens läßt er im Kaffeehaus Anekdoten fallen, des Mittags schüttelt er Anekdoten auf die Straße herab, bei Tische streut er Anekdoten aus, abends pflastert er die Zirkel mit Anekdoten, und in der Nacht erzählt er sich selbst einige Anekdoten.
Wo Herr Zindelkleber weilt? Er weilt nirgends, wie ein Wolkenbruch entladet er sich seiner Anekdoten über die Paläste der Reichen und über die Hütten der Armen und zieht, furchtbar drohend, seinen Schreckensweg weiter fort!
Wo man Herrn Zindelkleber findet? Man findet ihn überall, wo man ihn nicht sucht; man findet ihn überall, wo er nichts verloren hat.
Letzthin ging ich des Morgens um sechs Uhr, einen

Freund zur Post zu begleiten, es herrschte überall Stille und Ruhe; man sah keinen Menschen, ich war mir keines Unheils gewärtig, nicht einmal die Journalausträger gingen noch an ihr Geschäft, bloß hie und da ging ein Milchweib und trug Wasser auf unsere Kaffeemühlen; da, als ich um das Essig-Gäßchen bog, fiel der Anekdoten-Krampus wie vom Himmel vor mir nieder.

«Ach! Guten Morgen! Wohin?»

«Zur Post!»

«Zur Post? Da muß ich Ihnen eine Anekdote erzählen. Einmal fuhr jemand mit der Post usw.»

Nun erzählte er mir eine Anekdote, von der ich meinem Großvater auf dem Totenbette versprach, sie keinem Menschen mehr zu erzählen, weil er sie von seinem Großvater geerbt hatte. Ich will von dannen, er fragt: «Haben Sie denn so viel zu tun?»

«Wie Sie sehen!»

«Wie ich sehe? Da muß ich Ihnen eine Anekdote erzählen!» Und eine Anekdote wälzt sich von seiner Brust, die vor Altersschwäche schon nicht mehr gehen kann. Ich hüpfte immer vorwärts, er mit, und Anekdoten auf Anekdoten rannen auf mich herab, bis ich zur Post kam und meinem Freunde zurief: «Dort legt ein Kutscher seine Pferde an. Dies elende Fahrzeug könnte mich retten!»

Ein andermal ging ich auf der Straße, mittags, als es furchtbar schneite, in der Gewißheit, jetzt niemand da zu finden. Auf einmal steht eine Gestalt vor mir; es war der Anekdoten-Krampus.

«Jetzt spazieren?»
«Ja, ich liebe dieses Unwetter!»
«Unwetter? Da muß ich Ihnen eine Anekdote erzählen.»
Darauf erzählte er mir eine Anekdote, die einst Noah in der Arche erzählte und worauf Frau Noah erwiderte: «Ich bitte dich, diese Anekdote habe ich schon in Müchlers Anekdoten-Almanach gelesen!»
Als ich schon beim Karolinentheater war und heruntergehen wollte, ergriff er mich abermals wie ein gigantisches Schicksal und wollte mir noch eine seiner langen Anekdoten erzählen; da half ich mir mit einem Staatsstreich und sagte: «Entschuldigen Sie, ich kann Ihre Anekdote nicht aushören, denn ich muß im nächsten Frühjahr verreisen!»
Wieder einmal war es nachts um halb zwölf Uhr; ich hatte mich eben aus einer lustigen Gesellschaft entfernt; man hörte und sah niemand in den Straßen, bloß zwei Nachtwächter riefen sich zu: «Schlafen Sie wohl, angenehme Ruh!» Meinem Hause zugehend, dachte ich nichts als: «Ich bin doch neugierig, was morgen in meinem ‹Humoristen› stehen wird»; und da taucht der Anekdoten-Krampus auf:
«Woher so spät?»
«Aus einer kleinen Unterhaltung!»
«Kleine Unterhaltung? Da muß ich Ihnen eine Anekdote erzählen.»
Nun erzählte er mir eine Anekdote, die in Pompeji jemand seinen Tischgenossen erzählte, als sie gerade verschüttet wurden. Dabei hält er mich am Ärmel

meines Mantels und begleitet mich nach Hause. Ich läute an. «Haben Sie keinen Hausschlüssel? Da muß ich Ihnen eine Anekdote erzählen!»
Mein Hausmeister, der so alt war, als ob er eine Anekdote des Herrn Zindelkleber wäre, und dabei so fest schlief, als hätte ihm Herr Zindelkleber eben die Anekdote erzählt, kam endlich, und ich schlüpfte in das Haus; ich war schon auf der Treppe, da hörte ich noch, wie Herr Zindelkleber zum Hausmeister sagte: «Da muß ich Ihnen eine Anekdote erzählen!»

## Menschenschlag und Eisen-Schläge

Es ging einmal jemand durch die Stadt und kam bei einem Silberarbeiter vorbei, wo das Silber geschlagen wurde, das Silber wimmerte leise unter den Hammerschlägen; dann kam er an einem Goldarbeiter vorbei, das Gold wimmerte noch leiser unter den Hammerschlägen; dann kam er an einer Eisenschmiede vorbei, und das Eisen stöhnte und brüllte lärmend unter den Streichen des Hammers.
Da fragte der Mann das Eisen: «Das Silber, wenn es geschlagen wird, ächzt nur leise, selbst Gold, das feinste Metall, wimmert kaum hörbar unter dem Hammerschlage, und du, grobes, gemeines Eisen, tobst und lärmst, als ob 's dich mehr schmerzte wie Gold und Silber?»
«Ja», erwiderte das Eisen, «mich schmerzen die Schläge mehr, denn jene, Silber und Gold, werden von

Fremden geschlagen, vom Hammer aus Eisen, ich Eisen aber werde von meinesgleichen, wieder von Eisen, gequält und geschlagen, das schmerzt mehr!» So ist's mit Tieren, die werden von einem Menschen gequält, die Menschen aber werden wieder von Menschen gequält, das schmerzt mehr!

## Was man dazu wissen sollte

Feuilleton, das war bei seiner Einführung um 1800 in den französischen Journalismus wörtlich zu verstehen, nämlich als «Blättchen», das dem eigentlichen Zeitungsblatt beigelegt wurde und auf dem so wichtige Nebensächlichkeiten wie Theaterkritiken, Reiseberichte und Plaudereien veröffentlicht wurden. Später schaffte man das Beilagenblättchen ab, und der Feuilletonstoff erschien, durch einen dicken schwarzen Balken vom politischen Teil getrennt, in der unteren Hälfte einer Zeitungsseite. Dort fand auch die literarische Gattung des Feuilletons seinen Platz. Eine Form der Beschreibung, die aus Alltäglichem, Persönlichem das Allgemeingültige ableitete. In einem Nichts konnten die Meister dieser kleinen Form das Universum sich spiegeln lassen.

# Erfunden
# erlebt
# und erzählt

Kurzgeschichten

## Die Dame mit dem Regenschirm

### Ein Abenteuer mit nassem Anfang und trockenem Ende

Es war einer unserer schönsten Sommertage, mir klapperten die Glieder in den kalten Zimmern, ich hüllte mich in einen leichten Sommerpelz und zog durch die Straßen Wiens.
Ich habe schon gesagt: Es war einer unserer schönsten Sommertage, es fing also auch gleich zu regnen an.
Ich trage seit langer Zeit keinen Regenschirm mehr, erstens, weil ich keinen habe, zweitens – denn es gibt Menschen, die mit dem gründlichsten Grund nicht zufrieden sind – und zweitens, weil ich nicht gerne der Diener meines Regenschirmes bin, der sich, wenn es nur ein bißchen schlechtes Wetter ist, von mir tragen läßt. Sobald ein Regenschirm erfunden werden wird, der bei schmutzigem Wetter mich tragen wird, schaffe ich mir auch gleich einen an.

Der Regen fing an, dermaßen in Strömen herabzustürzen, daß ich genötigt war, in ein Haustor zu treten und mich, wie man hier sagt: unterzustellen.
Daß Regen und Sturm, Donner und Blitz der Liebe günstig sind, ist eine bekannte Sache. Zeuge dessen: der Mantel, den Leicester über den Morast legte, damit Elisabeth darüber spaziere; Herr Loth ist seine Frau losgeworden, weil sie sich nach einem Feuerregen umsah, kurz, das Grollen der Elemente ist der Liebe günstig, so auch mir dieser Platzregen, dieser Regen und dieser Platz.
Ich stand im Tor und sah zum Himmel empor, denn der Mensch richtet leider nur dann erst seinen Blick zum Himmel, wenn Sturm und Ungewitter ihm droht. Da erblicke ich plötzlich auf dem Wege zwischen mir und dem Himmel ein Fenster vis-à-vis und an dem Fenster, nun meint der Leser gewiß, es wird heißen: «Und an dem Fenster ein weibliches Wesen usw.?»
Es ist auch wahr, und an dem Fenster ein weibliches Wesen. Ein weibliches Wesen, wie soll ich es gleich schildern? Lieber Leser, schildere sie dir selbst, nach eigenem Belieben, ich bin mit allem zufrieden. Wie du sie schilderst, so soll sie gewesen sein. Sie saß am Fenster und – las? Nein! Begoß die Blumen? Nein! Tändelte mit der Nachtigall? Nein!
Ich will die Leser nicht täuschen. Ich bin in diesem Augenblicke Historiker und nicht Romantiker! Ich gebe historische Wahrheit! Sie saß am Fenster und spitzte sich die Nägel.
Ich sah hinauf, sie sah herab, es war richtig: wir sahen

uns, wir liebten uns, wir schwuren uns ewige Treue! Alles durch Physiognomik!
Die Scheibe, die Fensterscheibe! Die verdammte Fensterscheibe genierte mich gewaltig. Der Mensch traue nie einer Fensterscheibe! Ein Mädchen hinter der Fensterscheibe ist ein ganz anderes Wesen als ohne die Fensterscheibe. Die Glasermeister haben die größten Illusionen im Leben erzeugt.
Man verliebe sich nie, bevor sie das Fenster aufgemacht hat!
Sie machte das Fenster auf! Ach, welche Schönheit! Sie war schön, wie, wie, siehe meine gesammelten und noch ungesammelten Schriften, fast noch schöner.
Sie sah zum Himmel empor und dann zu mir! Dann machte sie das Fenster wieder zu! Warum machte sie das Fenster wieder zu? Weil es regnete! Richtig! Die Leser wissen gleich alles, man kann sie gar nicht mehr überraschen!
Sie sah wieder herab, auf einmal sprang sie auf, eilte vom Fenster, blieb einige Minuten weg, kam dann zurück und lächelte.
In diesem Augenblick kam die beflügelte Iris oder, um deutlicher zu sein, ihr Stubenmädchen über die Straße gehüpft, brachte mir einen Regenschirm und sagte: «Das gnädige Fräulein sendet Ihnen hiermit einen Regenschirm!» Sagt's und verschwand, indem ich ihr noch nachrief: «Ich werde die Ehre haben, den Schirm mit meinem Dank dem Fräulein selbst zu überbringen.»
Man sage, was man will, die Frauen sind liebenswür-

diger als die Männer, auch sogar als ich. Und sie wissen mit solchem Anstand uns Gelegenheit zu geben, mit ihnen bekannt zu werden, daß wir Herren der Schöpfung Tröpfe dagegen sind.
Am anderen Tage, es war sehr schönes Wetter, ging ich zu ihr.
Welch ein Unterschied: gestern und heute. Gestern ging ich im Regen ohne Regenschirm, heute im Sonnenschein mit einem Regenschirm! Die Natur ist reich an solchen sinnigen Kontroversen!
Ich ging hinauf, legte mein Herz an die Türe, es klopfte; «Herein», rief eine flötenweiche Stimme, und ich trat hinein. Sie saß am Fenster, ich nahte mich, das Pfand der Liebe, den Regenschirm, auf dem Arme.
«Fräulein!» sagte ich und korrigierte mich sogleich: «Holdes Fräulein! Im Leben gewährt der Mann den Frauen Schutz und die Frauen den Männern Schirm!» Hier wartete ich, um den Effekt dieser brillanten Introduktion abzuwarten. Sie machte keinen Effekt. Aha, dachte ich, zieh das witzige Bramsegel ein und pflanze den sentimentalen Fockmast auf!
Ich begann also wieder: «Verehrteste Holde! Wie glücklich, wer nach Lebenssturm und aus des Daseins Wolkenhimmel sich auf die glückliche Sommerterrasse eines empfindsamen Herzens flüchten kann!»
Ich endete wieder, um die Wirkung dieses empfindsamen Böllers zu beobachten. Er verhallte wirkungslos! Kurz, meine Schöne blieb kalt, schroff, unzugänglich. Diese Heuchelei verdroß mich! Mir den Regenschirm zu schicken, mir sozusagen auf gut regenschirmerisch

anzudeuten: «Komm mit ihm wieder», und nun so die Spröde zu spielen!
Ich versuchte noch einige Anläufe, alles vergebens. Sie sagte: «Ich bitte Sie sehr, mich zu verschonen!»
Das war zu arg! Ich entschuldigte meine Kühnheit mit der Heftigkeit meiner Leidenschaft und ging endlich so weit, ihr zu sagen: «Die Güte, mit welcher Sie mir den Regenschirm schickten, nahm ich für eine mich beglückende Einladung, mich selbst bei Ihnen vorzustellen.»
Sie sprang auf, eine edle Röte überflammte ihr Angesicht, und sie sprach: «O ihr eitlen Männer! So wissen Sie denn, Ihr Anblick und Ihr Gegenüberstehen war mir so unleidlich, so zuwider, daß ich es vorzog, Ihnen je eher desto lieber den Regenschirm zu senden, um Sie nur recht bald von da drüben loszuwerden!»
Daß ich bei dieser Anrede ein verteufelt dummes Gesicht gemacht haben muß, wird man mir leicht glauben, doch raffte ich noch alle meine Ironie zusammen, um zu fragen: «Aber mein holdes Fräulein! Was hat Sie denn genötigt, am Fenster zu bleiben, wenn Ihnen mein Visavis so verhaßt war?»
Sie machte einen spöttischen Knicks und sagte lachend: «Und wie, mein genialer Herr! Wenn ich nun wirklich meinen Geliebten erwartet hätte? Ich empfehle mich Ihnen!»
Und damit schlüpfte sie in ein Nebenzimmer. Ich machte rechtsum und zog ab, indem ich den zweideutigen Regenschirm auf den Tisch legte. Darauf schrieb ich diese erbauliche Historia nieder, zur eige-

nen öffentlichen Selbstgeißelung und zum moralischen Exempel für die Eitelkeit und Eigenliebe sämtlicher Mannspersonenwelt!

## Sieben Töchter und ein Mitesser

Es war in einer jener norddeutschen Städte, wo die Natur sehr viel Sand und sehr wenig Gemüt gedeihen ließ und wo daher auch die Moor- und Steckrüben besser und häufiger gepflegt wurden als Herzlichkeit, Innigkeit, Freigebigkeit und Gastfreundschaft.

In dieser Stadt hatte der liebe Himmel den Bankier X. gesegnet mit Geld und Gut, und damit er in seinem irdischen Glücke nicht übermütig werde, segnete er ihn auch mit einer Frau und sieben Töchtern.

Töchter haben ist an und für sich ein geborner Hang zur Schwermut, sieben Töchter haben ist ein natürlicher Beruf zur inkurablen Melancholie.

Indessen: Die Töchter waren schön, der Vater reich und die Mutter kurzsichtig, drei Umstände, welche ganz geeignet waren, den Besuch in diesem Hause zu den angenehmsten zu machen, und so fanden sich denn auch immer junge Schäfer genug ein, welche die sieben fetten Kühe auf die große Weide des Courmachens austrieben und mit ihnen abweideten die ganze Wiese der Galanterie.

Unter diesen Schäfern war auch ich; nicht etwa, um eine jener Kühe am Abend des Courmachens heimzutreiben in meinen Stall, denn ich hatte keinen eigenen

Stall und auch sonst gar nichts von jenen fetten Heu- und Grasgaben der Natur, die nötig sind, um mich für eine appetitliche Ehewiese zu halten.

Allein, der Winter im Norden ist sehr kalt, das Holz sehr teuer; in dem Gesellschafts- und Speisezimmer des Bankiers X. war es immer so schön warm, und in der Gesellschaft dieses Siebengestirns befand man sich jederzeit in einer Art von angenehmer und der Gesundheit zuträglicher Transpiration.

Da ich von dem Speise- und Gesellschaftszimmer des Bankiers X. sprach, so muß ich dabei bemerken, daß das identische Begriffe und dieselben Personen waren; man speiste im Gesellschaftszimmer und gesellschaftete im Speisezimmer.

Wenn ich sagte, «man speiste», so muß ich wieder dabei bemerken, daß ich nicht aus historischen Quellen schöpfte, sondern aus Traditionen, aus Sagen, die sich mündlich im Publikum fortpflanzen. Augenzeuge war nie jemand, ob bei dem Herrn Bankier X. je gegessen wurde und was gegessen wurde. Die Familie betrieb dieses Geschäft im geheimen, gehüllt in tiefsten Schleier; nie war eine fremde Person Zeuge dieses Schauspiels, nie wurde ein Ungeweihter zu diesen Mysterien zugelassen.

Was das ist, «einen Gast zu Tische bitten», kannte die Familie nur dem Hörensagen nach. Herr X. hatte den Grundsatz: «Nur der ist gastfrei, der frei von allen Gästen ist!»

Herr und Madame X., sieben Töchter, vier Söhne und eine alte Tante, welche zugleich Erzieherin der fetten

Plejaden war, sie setzten sich ewig und immer ganz allein an den Eßtisch.

Ich kam immer eine Stunde vor Tische, entweder abends oder mittags, nie, nie sagte jemand zu mir: «Bleiben Sie zum Essen da.» Je näher die große Abfütterungsstunde kam, desto besorglicher wurden alle Mienen. Herr und Madame X. scharrten mit den Füßen wie Schweizer Vieh, wenn ein Gewitter in den Firnen steckt.

Die sieben Töchter gingen unruhig im Kreise herum, bis ich mich erhob, um zu gehen, und wenn ich sagte: «Sie wollen wohl essen? Jetzt geh' ich!» glänzte das Antlitz des Herrn X. wie ein Seidenhut nach dem Regen. Madame X. lächelte freundlich wie eine geknickte Schmalzblume, und die sieben Töchter wimmelten selig untereinander wie sieben Ölfettaugen auf einem Essigsalat.

Zwei Jahre nacheinander besuchte ich die sieben Töchter des Herrn X. Ich wurde dadurch nicht fetter und sie nicht magerer. Nie wurde ich zum Essen eingeladen, und wenn mich nicht zuweilen am Abend, wenn ich hinkam, ein Zugemüseduft, der noch von dem geheimen Mittagsopfer im Zimmer herumzog wie eine Weihrauchwolke, überzeugt hätte, daß hier gegessen wurde, so würde ich gemeint haben, daß man in diesem Hause gar nicht an die Existenz des Magens glaubte.

Eines Tages kam ich wie gewöhnlich um zwölf Uhr mittags. Ich blieb immer, bis sich die Abfütterung einzustellen pflegte. Symptome wie allgemeine Bewegungen, Aufdieuhrsehen, Indieohrenzischen usw. Heute kam nichts von alledem. Eine besondere Zutunlichkeit der ganzen Familie drängte sich an mich, die sieben Töchter schwammen um mich herum wie sieben Karpfen um einen Semmelbrocken. Die Mutter blinzelte mit den Äuglein wie eine Eidechse, wenn man ihr auf den Schwanz tritt, und Herr X. sah so schlau aus wie eine Scharade, welcher die Auflösung vorgedruckt ist.

Mir wurde unheimlich, ich ahnte, daß was Ungewöhnliches vorgeht; ich griff eilig nach dem Hut, darauf sagte ich mein Trostsprüchlein auf: «Sie wollen wohl essen? Jetzt geh' ich.» Allein, Himmel! Welche Begebenheit! Das Unerhörteste ist geschehen! Nicht möglich und doch geschehen! Herr X. fuhr auf mich zu: «Wollen Sie nicht einen Löffel Suppe mit uns essen?» Ich blieb sprachlos stehen. Hatte ich recht gehört? «Essen?» – «Mitessen?» – «Mit uns essen?» – Es mußte etwas Ungeheures vorgegangen sein!

Ich war starr vor Erstaunen und konnte kein Wort hervorbringen. Madame X. langte mit der Hand nach mir wie eine Angel nach einem Weißfisch. «Ach ja, Sie sind heute unser Gast!» Ich rieb mir die Augen, die Ohren, die Nase, ich wußte nicht, ob ich träume oder wache. Die sieben Töchter umringten mich auch, und aus allen sieben ertönte es auf einmal wie aus sieben Bierflaschen, von denen der Stöpsel zu gleicher Zeit losging: «Ach ja, Sie essen heute mittag bei uns!»

Dabei nahm man mir Hut, Stock und Handschuhe aus der Hand, und ich blieb fast willenlos. Gewiß, es lag eine große Ursache, ein unerforschliches Geheimnis zugrunde, und ich beschloß, es zu erforschen, und wenn es mein Leben kosten sollte.

Man speiste, man speiste gut, mit Fleiß und Ausdauer, mit aller deutschen Biederkeit und jener gelehrten, zähen Unermüdlichkeit, die man an deutscher Philosophie und Eßlust gewohnt ist. Die Familie aß wie alle Menschen, nirgend eine Abnormität!

Die sieben Töchter freilich, die aßen jedes Gericht dreimal. Erst verschlangen sie es mit den Augen, dann verschlangen sie es mit der Nase und dann erst mit dem Munde; dafür wurde das Gericht mit einer solchen Blitzesschnelle von der Zunge zum Magen übergeführt, daß es nicht einmal Zeit hatte, ein kleines Legat an die Zähne auszuwerfen.

Dies Essen war zu Ende, alles in Ordnung, man war fröhlich und guter Dinge, nirgends konnte ich die Ursache dieser unerhörten Gasteinladung erforschen.

Ich nahm gerührt Abschied von der ganzen Familie, sie war freundlich und lieb bis zum letzten Augenblikke. Ich ging, in Gedanken damit beschäftigt, die Ursache dieser außerordentlichen Erscheinung aufzuspüren.

Im Vorzimmer gab mir das Stubenmädchen meinen Mantel. Dieser Moment war immer einer der interessantesten bei dem Bankier X. Es war ein allerliebstes Kind, und kein anderes lebendes Wesen konnte den Mantel nach dem Wind und um die Schultern hängen wie sie.

Da ich ihr beim Weggehen stets entweder die Hand

selbst oder etwas in die Hand drückte, welches letztere mehr Eindruck auf sie zu machen schien, war sie mir sehr gewogen. Heute lächelte dieses Stubenmädchen ein Lächeln, in welchem viel «Drolliges» lag.
Ich gewahrte das, drückte ihr die Hand beträchtlich und etwas Beträchtliches in die Hand.
Meine Druckkosten wurden reichlich belohnt. «Wissen Sie, Herr Doktor», sagte sie, «warum Sie heute hier speisten?»
«Ach, Engel! sage es mir doch!» erwiderte ich. «Nun», sagte sie, «die alte Tante ist krank und konnte nicht zu Tische kommen. Die Familie ist ungeheuer abergläubisch; ohne die Tante wären sie dreizehn bei Tische gewesen, und ihrer Meinung nach hätte jemand von ihnen sterben müssen, Sie mußten also den vierzehnten machen!»

## Theater in Stendal

Es war im Jahre 1827.
Es war in Berlin.
Es war in der Oper.
Es wurde seine ungemein lang erwartete Oper gegeben: «Agnes von Hohenstaufen», eine Zauber-Oper aus «Tausendundeiner Nacht», welche Oper ein Witzbold also nannte: «Agnes zum Davonlaufen, eine Zanderoper aus tausend und einer Oper.»
Ich war brillant! Weiße Krawatte! Gelbe Handschuhe! Blaue Weste mit rotem Untergilet! Kurz, ganz Regenbogen!

Also, ich saß in der ersten Loge.
Sie saß im Parkett, erste Bank, gerade vor mir.
Sie! Wer? Nun: der Engel!
Der Engel sah mich unverwandt an!
Saß der Engel allein? Allein? Nein, neben dem Engel saß die Mutter, das ist bei allen Engeln der Teufel!
Das Theater war zu Ende. Vor dem Ende warf ich auf den Engel noch einen jener Blicke, die schon auf den Liebesschlachtfeldern Wunder der Tapferkeit geleistet hatten. Der Wurf gelang. In dem Blick stand die Frage: «Darf ich es wagen?» Sie warf mir einen Blick zurück, ich las in diesem Blick: «Wage zu wagen!»
In der großen Ausgangshalle erwartete mich Herr Öttinger, Eduard Maria Öttinger. Er wohnte bei mir und war der Leibpostillon meines «Berliner Kuriers».
«Komm, Öttinger», rief ich aus.
«Wohin?»
«Komm nur, komm, ich muß wissen, wo der Engel wohnt, wie der Engel heißt, was der Engel ist usw.»
«Es ist die Perle aller Mädchen!»
Da schwebte die «Perle» vorüber, am Arm der Perl-Mutter! Ich zog Öttinger schnell nach.
Er machte verschiedene gute und schlechte Witze, aber folgte mir. Wir huschten wie die Schatten hinter Gretchen und Martha her.
«Jetzt», sagt Öttinger, «mußt du vorwärts gehen, damit sie wissen, daß du nachkommst und daß selten was Gutes nachkommt!»
Aber ich hatte es anders ausgeklügelt. Er mußte unbemerkt auf die andere Seite hinübergehen, dann tun,

als ob er mich straßüber erblickte, und laut rufen: «Ach, Saphir, kommst du aus dem Theater?»
So geschah es!
Aber Öttinger war ein Bösewicht, er schrie herüber, so daß der Engel es hören mußte: «Ach, Saphir, wie kommst du daher, bist du nicht bei deiner Antonie?»
In diesem Augenblicke drehte der Engel sein Köpfchen um und sah mich nach ihren Fersen einherschleichen. Indessen hatte sich Öttinger wieder zu mir gesellt, und wir folgten dem Paare die Friedrichstraße entlang.
Die Friedrichstraße ist sehr, sehr lang! Es war Zeit genug, auf ein Mittel zu sinnen, sich den Damen zu nähern. Da hörte ich ferne, hinter mir, eine Berliner Droschke herankommen.
Ein Blitz fuhr durch meine Gedanken, sie wurden blitzdumm und heckten folgendes aus:
Ich ging der Droschke entgegen, versprach dem Kutscher ein «Drittel», wenn er heranfahre und an den Damen so nahe vorüberfahre, daß derjenige, welcher hinter ihnen geht, fürchten könnte, er fahre direkt in sie hinein.
Wir gingen wieder sachte, sechs Schritte weit hinter den Damen, die Droschke rasselte heran, knapp an die Damen an, ich schrie, wie zu Tode erschreckt, laut auf, stürzte heran: «Um Himmels willen, meine Damen, haben Sie Schaden genommen?» Dem Droschken-Amor schickte ich noch ein: «Warte, du Racker!» nach, und die Präliminarien waren gemacht.
Ich sprach natürlich erst von der Droschke, von dem

Unglück, welches hätte geschehen können, und welches Glück mir daraus entstand; von der Droschke kam ich auf das schlechte Pflaster, vom schlechten Pflaster auf die Länge der Friedrichstraße und von der Länge der Friedrichstraße auf die Kürze der Sommernächte, von der Kürze der Nächte kam ich auf süße Träume, von süßen Träumen auf bittere Kerne von süßen Minuten; die «süße Minute» war die jetzige an ihrer Seite, der «bittere Kern» war der Schmerz, sie vielleicht nicht wiederzusehen, und bevor wir noch den Wächter heranriefen, der ihr Haustor öffnen sollte, war schon alles geschehen; ich erklärte ihr meine Liebe, ich erklärte ihr die Liebe überhaupt und wie ich die Liebe liebe und wie die Liebe ohne Gegenliebe soviel sei wie ein linker Handschuh ohne rechten, wie ein einzelner Strumpf ohne Mitstrumpf.

Öttinger-Mephisto hatte Mutter Marthe am Arm, und sie gingen hinter uns her.

Der Engel sprach:

«Ich habe den Herrn Dr. Saphir in der Loge gleich erkannt, nach dem Porträt!»

Der Teufel hole alle Maler, Zeichner und Lithographen! «Ah! Sehr schmeichelhaft! Aber wo haben Sie, holder Engel, mein Porträt denn gesehen?»

«O, wir sehen Sie bei uns in Stendal auch hängen!»

«In Stendal? Also mein Fräulein sind aus Stendal? Und da ich schon in Stendal hänge, darf ich nicht auch an einer Stendalerin hängen?»

Der Leser müßte mit mir gewesen sein, er müßte bei jeder Laterne das liebliche Antlitz gesehen haben, mit

dem zarten Schmelz übergossen, er müßte in diese schwarzen Waldkirschenaugen gesehen haben, er müßte dieses Lächeln um den Rosenmund gesehen haben, um zu begreifen, wie einem Poeten mit einem so phosphoreszierenden Herzen zumute war.
Kurz, ich erfuhr noch, daß sie «Amalie» heißt, Amalie W., Tochter eines höheren Beamten in Stendal, daß sie noch acht Tage in Berlin bleibe und daß sie immer gewünscht hätte, mich kennenzulernen.
Während Amalie plauderte, hatte Freund Öttinger die Mama gewonnen. Er hatte Momente, wo er Mamas und Töchter gewinnen konnte, nur verspielte er sie ebenso schnell, als er sie gewann.
Am Haustor angelangt, erhielten wir die Erlaubnis, uns am Tage darauf vorstellen zu dürfen.
Und «tausend gute Nacht!» Ich ging noch lange unter dem Fenster auf und ab, wie Romeo unter Julias Balkon.
Die «Engel» pflegen in großen Städten meist im fünften Stockwerk zu wohnen, wahrscheinlich wegen der Nähe des Himmels! Amalie wohnte aber in der Beletage.
Ich ging unten herum. Ihr Schatten kam einigemal ans Fenster: Ich konnte mich nicht losreißen, da hörte ich eine Stimme: «Is it the nightingale?» Nein, es ist auch nicht die Lerche, es ist der Nachtwächter! Er tutete: «Eins!» Ich ging nach Hause und fand Öttinger schon im tiefen Schlaf.
Ein Verliebter erwacht sehr früh und sehr spät! Er erwacht täglich sehr früh, wenn er Hoffnung hat, die

Geliebte zu sehen, aber er erwacht sehr spät – aus seinem Traum! Die Toilette beschäftigte mich von morgens um 7 Uhr bis 12 Uhr mittags!
Nach acht Tagen, in welchen ich fast unzertrennlich von der schönen Stendalerin war, reiste sie mit ihrer Mutter nach Stendal ab, und wir unterhielten einen lebhaften Briefwechsel. Damit ein Liebesbrief das sei, was er sein soll, muß man am Anfang nicht wissen, was man schreiben wird, und am Schluß nicht, was man geschrieben hat.
Aber geschriebene Worte sind Tote, deshalb gibt man Sand darauf und begräbt sie.
Jeder vernünftige Mensch, wenn er nach zehn Jahren seinen eigenen Liebesbrief liest, kann nicht begreifen, wie er so kindisch sein konnte, wird es aber bei nächster Gelegenheit sicher wieder sein.
Eines Tages bekam ich ein Schreiben aus Stendal von ihr! Vom Engel! Von der Einzigen, von Mali.
Sie schrieb: «Sind Sie denn gar nicht neugierig, den Ort zu sehen, wo der berühmte Winckelmann geboren wurde? Stendal nämlich.»
Es war gegen 4 Uhr nachmittags, als ich den Brief erhielt. Um 6 Uhr saßen wir im Wagen, Öttinger und ich.
Es mochte gegen 3 Uhr morgens sein, als wir in Stendal ankamen. Der Postillon führte uns in den «Schwarzen Adler». Es wurde da eben ein Hochzeitsfest gefeiert. Die Gäste hatten sich größtenteils entfernt, die Lichter waren herabgebrannt, bloß die Dienerschaft war noch mit Abräumen beschäftigt.

Mit Not bekamen wir zwei Zimmer, einige Überreste der Hochzeitstafel labten unseren sterblichen Teil, und Aurora hatte kaum den Mund aufgemacht, um ihr Gold auf die Straße zu streuen, als wir schon in den Straßen Stendals umherirrten, um, der Beschreibung nach, Straße und Haus aufzufinden, in welchem sie wohnte.

Es war eine schlimme Expedition!

Nach langem Auf- und Abirren in den nicht eben mit Marmor gepflasterten Straßen Stendals und in der Straße, wo sie wohnte, steckte sich endlich ein weibliches Köpfchen wie ein Impromptu zum Fenster heraus – sie war's! Sie, die Mali! – er, der Engel!

Sie kam, sie sah und schlug das Fenster mit einem Schrecken zu, als ob es nicht der längst erwartete Geliebte, sondern der gar nicht erwartete Ehemann gewesen wäre.

Öttinger lachte boshaft und sagte: «Sie schlägt zu! Der Anfang verspricht viel!»

Nach fünf Minuten kam eine «Zofe vom Hofe», es war ihr Stubenmädchen, ihre Vertraute!

Kurz, aber deutlich war der Rede Sinn! Der Papa wird gleich ausgehen, der Papa ist ein Attila, der Papa wird uns sehen, der Papa wird ahnen, der Papa wird einen Heidenlärm schlagen.

Also, wir sollten uns vorderhand zurückziehen und nicht sehen lassen bis auf weitere Order. Wir sollten ferner auf einen Vorwand denken, unter dessen Wahrscheinlichkeit wir einige Tage in Stendal zubringen müssen.

Wir sollten ferner versichert sein, daß Stendal ein Krähwinkel sei, in welchem die Ankunft eines berühmten Dichters, so sagte sie, großes Aufsehen und große «Fragerei» machen werde; übrigens liebe man uns noch wie stets, uns, id est: mich.
Wir zogen uns eilfertig aus der Papa-Region zurück und nun an den Vorwand, der zu erfinden war. Da war guter Rat teuer! Winckelmanns Grab kann man allenfalls in einer Stunde sehen, und dann mußte man abreisen. Aber einige Tage!
Indem wir so fortschlenderten, kamen wir mitten im Städtchen an einen Platz, ein mit Gras armselig überwuchertes Viereck, mit Schutt und Geröll bedeckt. An der einen Seite war eine Apotheke. Mehrere kleine Pflöcke auf diesem Grasplatz zeigten an, daß hier auch die Stendalerinnen ihre Wäsche der Sonne anvertrauten.
Da fuhr's wie ein Blitz durch meine Gedanken! Der Vorwand war gefunden. Ich teilte meinen Plan Öttinger mit, der ihn nicht nur vortrefflich fand, sondern auch höchst geistreiche Nuancen und Verbesserungen dazu ausheckte.
Wir gingen in die Lotterie-Kollektur und fragten einen ziemlich alten Mann, der da saß, ob er nicht wisse, ob die Stadt Stendal geneigt wäre, diesen grossen Grasfleck für eine bedeutende Summe zu verkaufen.
Der Mann schob die Brille in die Höhe und sah die zwei Männer an, die der Stendaler Gemeinde ihren Grasplatz abkaufen wollten. Aber er sagte, der Platz

gehöre nicht der Gemeinde, sondern er gehöre dem Apotheker.

Wir rückten nun dem Manne näher und sagten: «Sie könnten da ein hübsches Geschäftchen machen; wir wollen, wir müssen diesen Platz kaufen, holen Sie den Apotheker heraus, aber lassen Sie sich nicht anmerken, daß ein Käufer da ist, es soll Ihr Schaden nicht sein! Wir fragen nachmittags wieder an, aber reinen Mund gehalten!»

Kaum waren wir um die Ecke, so lugte Öttinger zurück und sah unseren Lotteriemakler, geschwind in die Apotheke huschen; das wollten wir.

Darauf gingen wir nach Hause, ließen uns zwei Pakete Bindfaden holen, schnitzten 30 bis 40 große Stäbe, nahmen einen Bogen Papier, einen Rotstift und gingen, mit all dem ausgerüstet, auf die Weidc, d.h. auf unseren in Stendal schon berühmten Grasplatz.

Auf dem Grasplatz angekommen, fingen wir an, den Platz in allen Richtungen auszumessen, schlugen die Stöcke ein, zogen die Bindfäden hinüber, herüber, schrieben auf, zeichneten an, maßen mit Schritten quer und über, dann lagerten wir uns wie Ochsen ins hohe Gras und zeichneten und gestikulierten; dabei sahen wir, wie aus dem Apothekerladen unter den Vorhängen einige Köpfe heraussahen; auch aus dem Lotterieladen guckten Neugierige heraus, kurz, wir sahen Stendal nun im Alarm!

Darauf schickte ich einen Extraboten nach Magdeburg an meinen Freund, den Redakteur des «Magdeburger Anzeigers», die gelesenste Zeitschrift in dem

zwei Stunden davon entfernten Stendal, und bat ihn, noch heute folgendes in sein Blatt einzurücken:
«Stendal. Seit gestern ist unsere Stadt in lebhaftester Bewegung. Der berühmte Herr M. G. Saphir ist in Begleitung eines Schriftstellers, Öttinger, hier angekommen, um einige Tage hier zu verweilen. Es gehen verschiedene Gerüchte darüber, was diesen Mann hierherführte; ich glaube aus verläßlicher Quelle berichten zu können, daß er in höherem Auftrage hier ist, um ein Theater zu bauen, welches uns längst ein Bedürfnis ist. Er soll geneigt sein, das Carré des Apothekers um einen bedeutenden Preis an sich zu bringen, auch hat man beide Herren diesen Platz schon genau aufnehmen und ausmessen sehen. Wir gratulieren Stendal, mehr aber noch dem Apotheker.»
Der Bote fuhr rasch ab; wir speisten im «Adler», und gegen drei Uhr nachmittags kam ein Diener vom Major von Eb... mit einer Einladung zum Abendtee.
Der Major von Eb... war einer der liebenswürdigsten, ehrenhaftesten Menschen, heiter, bieder, ein Freund der Literatur und – ein Onkel Malis. Er war der Genius unserer Liebe. Abends kamen Mali und ihre Mutter, und wir waren glücklich. Die Nachricht, daß Dr. Saphir in Stendal sei, war schon allgemein bekannt, und die Stadt Stendal zerbrach sich den Kopf, was wir auf dem Grasplatze zu tun hätten und was diese Ausmessung zu bedeuten habe. Wir enthüllten unsere List, was große Heiterkeit bei Mutter und Tochter erregte.

Am anderen Morgen früh lasen die Stendaler in dem «Magdeburger Anzeiger» die Lösung des Rätsels, und wie ein Lauffeuer ging's durch die Stadt: Der Saphir kauft vom Apotheker den Grasplatz zu einem großen Theaterbau.
Mit dem Frühesten ließen wir uns aus dem Gasthofe einen Tisch und zwei Stühle auf den Grasplatz tragen, Schreibzeug usw. und waren im Begriffe, wieder hinzugehen, als der Lotteriekollekteur kam und submissest anfragte, ob das Theater noch heuer gebaut werde und ob er mit dem Apotheker sprechen solle! Wir verwiesen ihn auf nachmittag, weil wir noch nicht genau den Umfang des Grasplatzes kennen würden.
Darauf begaben wir uns auf den Grasplatz und nahmen unsere Plätze am Tische ein. Wir hatten die zwei Kellner vom «Adler» mitgenommen, welche für uns die Schritte hin und her, von Stock zu Stock noch einmal zählten, uns angaben, und wir schrieben, rechneten an. Wieder hatte sich die Bevölkerung Stendals um den Grasplatz versammelt und gaffte den zukünftigen Stendaler Theaterdirektor an. Auch Major von Eb... kam zu uns und hatte Mühe genug, ernst zu bleiben, als er uns öffentlich zu Gericht sitzen sah.
Nur der Apotheker ließ sich nicht sehen, und der Major erzählte mir, derselbe habe sich geäußert, er würde mir keinen Schritt entgegenkommen, ich müßte ihn bitten, und er wolle mir den Brotkorb hoch hängen, die Regierung habe Geld genug und müsse blechen, wenn sie in Stendal ein Theater bauen wolle!
Ich fragte den Major: «Gibt's hier nicht etwa noch ir-

gendeinen großen Platz, Raum, Wiese, Hof oder dergleichen?» Er sagte: der Seifensieder R. R. habe einen ungeheuren Hofraum vor seinem Arbeitslokale.
«Gut», sagte ich, ging in die Lotterie-Kollektur und sagte zu dem Kollektanten: «Ich bitte Sie, da ich nun einmal durchaus will, daß Sie Geld bei dieser Angelegenheit verdienen sollen, sagen Sie dem Apotheker nichts, ich habe einen besseren Platz beim Seifensieder, den ich wahrscheinlich nehmen werde.» Darauf ließ ich den ganzen Grasplatz von Stühlen, Tischen usw. leeren, und wir begaben uns nach Hause.
Wieder legte sich Öttinger auf die Lauer und sah, wie der Kollektant zum Apotheker lief, um ihn von meinem geänderten Plan in Kenntnis zu setzen.
Mittags speisten wir bei Eb..., welcher uns erzählte, daß im Stendaler «Abendkränzchen» beschlossen wurde, mir als zukünftigen Direktor des Stendaler Theaters morgen abend eine «Liedertafel» zu geben. Während des Essens kam der Apotheker. Er habe dringend mit uns zu sprechen. Er werde also warten. Er sagte uns, er könne nicht umhin, mich vor dem Seifensieder-Platz zu warnen, es gäbe Momente, wo diese Fabrikation den Theaterbesuchern in die Nase gehen würde. Er versprach mir, billig zu sein aus patriotischer Rücksicht, er sei auch selbst ein Freund vom Theater usw.
Für den Abend war wieder Tee bei Eb..., wohin Malchen und die Mutter zu kommen versprachen, und Eb... erzählte uns, daß der Tyrann-Vater geäußert habe: «Ich möchte doch einmal mit dem Saphir re-

den», aber es wurde in unserem Senate beschlossen, ihm gar nichts entgegenzukommen.
Nachmittags, als wir zum «Adler» zurückkamen, erwartete uns eine Frau mit einem Mädchen von ungefähr 12 bis 13 Jahren.
Es war die «Marchande de Modes» Stendals, und sie stellte uns ihr Töchterchen «Riekchen» vor, welches «große Talente zu's Theater» hat und welche sie mir nun vorstelle. «Lassen Sie ihr was deklamieren!»
Mir wurde das doch schon gar zu bunt. Öttinger aber sagte: «Ich bin Oberregisseur, ich will sie hören, und wenn sie Talent hat, ist ihr Glück gemacht!»
Riekchen deklamierte: «Lebt wohl, ihr Berge!» Es hätte ein Hippopotam wahnsinnig machen können!
Öttinger weidete sich an meinem Ärger, und als Riekchen fertig war, sagte er: «Noch etwas, liebes Riekchen.»
Und Riekchen deklamierte noch ein Gedicht von – Saffer!
Ich glaubte, der Schlag rühre mich! Öttinger sagte: «Ganz ausgezeichnet! Liebe Frau, lassen Sie sie nur immer Saffersche Gedichte deklamieren, die bilden das Organ. Kommen Sie in ein paar Tagen wieder!»
Abends waren wir bei Eb... in pleno. Es wurde beschlossen, daß Eb... das «Abendkränzchen» bestimmen werde, noch einige Tage zuzuwarten mit der Einladung, wir aber sollten tags darauf mit dem Frühesten abreisen, und zwar nach Magdeburg, wohin Eb..., Mali samt Mutter auch kommen würden, da sie ohnehin dort ein Geschäft abzumachen hatten.

Und so geschah es. Eb... besorgte die Postpferde. Nach Mitternacht gingen wir in den «Schwarzen Adler», bezahlten die Zeche, und um 4 Uhr morgens «bluhs» der Postillon den Stendaler Theaterdirektor zum Tore hinaus.
Was weiter geschah, mag der liebe Himmel und der Apotheker wissen!

## Das Konversationsgenie

Bevor ich in einen Eilwagen steige, mache ich immer mein Testament; denn man kann auf einem Eilwagen an verschiedenen chronischen Eilwagenübeln sterben, als da sind: Weinreisende, Anekdotenerzähler, Schnarcher, alte Weiber mit Husten, junge Laffen mit Zoten, Dickbäuche mit Schweißgeruch usw.
Um auf einem Eilwagen sich wohl zu befinden, muß man entweder ein Satiriker, ein dummer Kerl oder ein Verliebter sein. Da ich, gottlob, seitdem ich denken kann, immer wenigstens zwei dieser Eigenschaften besaß, so befinde ich mich so ziemlich wohl.
Wie gesagt, da ich das ganze Jahr hindurch stets verliebt bin, mit Ausnahme des 24. Dezember, an welchem Tage ich aus Liebe bald geheiratet hätte und deshalb diesen Tag für einen unglückseligen für die Liebe halte, so betrat ich ziemlich getrost meinen Eilwagen, in welchem ich eine Gesellschaft fand, die den redlichen Finder nur zum Teil belohnte: «Nummer fünf», schrie der Kondukteur und schob mich wie eine

eingelegte Arie zwischen zwei Wesen in den Fond des Wagens hinein.

Wie ich denn immer mein Gespräch mit einem schlagenden Witz beginne, so sagte ich auch hier zugleich, als ich einstieg: «Guten Tag!» und schwieg.

Ich wollte mich erst mit meinen Blicken einwohnen und die Mitbewohner meiner Geduldsarche physiognomisch studieren.

Rechts neben mir saß ein Mann mit einem von jenen Gesichtern, welche begreifen lassen, daß, wenn es in der Schöpfungsgeschichte heißt: «Und er blies in seine Nase lebendigen Geist», dieser Mann weder Geist, ja kaum Odem haben könnte; denn er hatte eine Nase, so schmal und dünn wie Butter auf einer Berliner Butterstulle, und die Nase macht die Grenze der zwei vollen, mit einem Archipelagus und Warzeninseln übersäten Wangen so unbestimmt und schwankend aus, als ob sie erst von einer Konferenz mehrerer Dorfgemeinden dazu bestimmt werden wollte.

Über den zwei grauen stechenden Augen standen die buschigen Augenbrauen wie zwei großmächtige Parapluies, und unter dem schmalen Dings, welches sagen sollte: «Auch ich bin eine Nase», lief querüber ein Mund, ähnlich jenen Erdrissen, die durch heftige Erdbeben zu entstehen pflegen.

Die übrige Gestalt dieses Mannes war ganz kurz, eine wahre spartische Epistel, Kopf und Ende nahe beisammen, so daß er als Karpfen ein ausgezeichneter Karpfen gewesen wäre, als Mensch aber selbst für ein Handbillet der Schöpfung zu gedrängt war. Noch hat-

te dieses Wesen nicht gesprochen, und ich wußte also nicht, ob es ein satirisches oder ein griechisch-naives Epigramm der schaffenden Natur war.
Allein, mir ward schlimm zumute, als dieser Taschenmensch zu reden anfing, seinen Kopf hinausbeugte und das Mädchen an meiner linken Seite fragte: «Nun, Putchen, wie ist dich?»
Nun weiß ich nicht, was ich dem Leser zuerst schildern soll, das Mädchen oder die Stimme meines menschlichen Karpfens, oder was eigentlich «Putchen» bedeuten soll.
Putchen ist Diminutiv von Pute, Pute ist das Femininum von Puter, Puter ein kollerischer Puter, das weiß jedermann, der Voßens «Louise» gelesen hat, ist ein indianisches Huhn.
Für jemand aber, der Voßens «Louise» nicht gelesen hat, gibt es keine Schriftsteller und keine indianischen Hühner. Wenn aber ein Berliner, d.h. ein Mann aus der Stadt, in welcher Geist und Sand in allen Straßen ebenso vollauf als trocken zu finden sind, wenn ein solcher Mann zu einem weiblichen Wesen sagt: «Putchen», so ist das so viel, als wenn ein anderer ursandiger Deutscher sagt: «Mein Engel» oder ein Franzose: «Ma vie!» oder ein Italiener: «Cara anima» oder ein Engländer: «My sweetheart» usw.
Wenn der Berliner sagt: «Putchen», so fällt gleich darauf seine Liebkosungsfähigkeit in Ohnmacht, denn sie hat sich erschöpft; und ein Berliner, der zu seinem Frauenzimmer sagt: «Putchen», das kann nur ihr Vater, ihr Liebhaber oder ihr Theaterdirektor sein. Die

Stimme aber, die jetzt dieses «Putchen» an meine linke Seite spedierte, konnte keine andere als die eines Vaters sein.

Diese Stimme an und für sich selbst, wenn sie ohne den, der sie ausstieß, durch die Welt gezogen wäre, hätte unseren Naturforschern viel zu schaffen gemacht: Ob sie eine begeisterte Froschstimme oder eine in Ruhestand versetzte Dreschwalzenstimme oder eine bedeutende Kollekte von mitleidigen Rabenstimmen ist.

Das Mädchen aber, lieber Leser! Das Mädchen! Sieh, lieber Leser, ich könnte dir jetzt die Beschreibung und den Mund recht wässerig machen, ich könnte deine Phantasie so anstacheln, daß ihr die Haare, Federn oder Borsten zu Berge ständen, denn ich weiß eigentlich nicht, welch eine Gattung Tier deine Phantasie ist, aber nein, ich will es barmherzig machen. Es war ein Mädchen, zu dem ich auf den ersten Anblick getrost hätte sagen können: Liebc mich, heirate mich und verzichte auf das Glück deines Lebens!

Ein Gesicht mit einer Milde und Seelenhaftigkeit, nur in der altdeutschen Lebens- und Malerschule zu finden.

Die hellen Locken fielen in reicher Fülle auf die edel geformte Schulter herab. In ihren tiefblauen Augen lag ihr Lebenshimmel und der einer Herzensunschuld. Die vom zartesten Jugendrot angeglühten Wangen hatten gewiß noch nie das Erröten der Schuld beherbergt, der kleine geschlossene Mund öffnete sich nun lächelnd, um zwei Kinngrübchen zu

entwickeln, in denen die Grazien ihr Hauptquartier hatten.
Sie umschloß ein züchtiges Gewand, das oben unterm Kinn zusammengebunden war. Noch hatte sie nicht gesprochen, wie begierig war ich aber, ihre Antwort auf das «Nun, Putchen, wie ist Dich?» zu hören.
«Mir ist wohl, lieber Vater!» antwortete das Mädchen mit einer weichen, melodischen Stimme, und in demselben Augenblick stieß sie auch plötzlich ein schmerzliches «Ach!» aus. Ihr gegenüber saß ein großer, vierschrötiger Kerl, der seine Beine von sich streckte und ihr wahrscheinlich ganz unsanft auf den Fuß trat. Der Kerl, von dem ich nachher erfuhr, daß er ein Artischocken-Händler war, entschuldigte sich gar nicht, sondern sagte mit einem Grinsen, welches er für ein Lachen hielt: «Im Wagen darf man gar keine Füße haben.»
Ein Student, in einem grünen Flausrock, der neben ihm saß, belachte diesen Einfall, und so war die Introduktion dieser Wagenunterhaltung im Gange. Der Berliner Student, der mit der Gesellschaft schon länger im Wagen war, schien das holde Mädchen besonders in Protektion genommen zu haben und etwas empfindlich darüber zu sein, daß ich an ihrer Seite saß.
Er sprach unaufhörlich von seinen Studien, von Künsten und Wissenschaften, zitierte alle Augenblicke Goethe oder Schiller und sagte zwischendurch zu dem Mädchen: «Uf Ehre, das müssen Sie gelesen haben.»
Da ich zu allen seinen Ausrufungen und Bemerkun-

gen ein höchst einfältiges und nichtssagendes Gesicht machte, so hielt er mich für ein recht frommes Schaf und machte im stillen ein Plänchen, mich zum besten zu haben und das Mädchen auf meine Kosten zu belustigen.

«Jott, verdamme mir», rief er aus, «was sagen Sie zu dieser herrlichen Gegend?» Wir fuhren eben durch ein wahres Sandmeer. «Glauben Sie nicht, daß ein Claude Lorrain Sie verewigen sollte?» Dabei lachte er ironisch mich an.

«Oh», erwiderte ich mit einer so leeren Miene, als nur immer möglich. «Diese Gegend sollte man von einem anderen Pinsel verewigen lassen!»

Der Student sah mich groß an, aber ich sah so unsatirisch aus, daß er sich selbst nicht gestehen konnte, daß ich in Beziehung sprach.

Das Mädchen aber mit ihrer Silberstimme fing an über Claude Lorrain zu sprechen, über seine Eigentümlichkeit, über die Färbung seiner Bilder, über die Vortrefflichkeit seiner Perspektive usw. Sie nannte sein Bild der Villa Madame, welches Papst Clemens XI. mit Gold bedeckte, sein bestes, und erzählte dabei, daß der Herzog von Devonshire eine Sammlung von zweihundert Handzeichnungen von ihm besitze.

Ich war nicht wenig über die gründliche Kenntnis dieser Unbekannten erstaunt, und der Student rief aus: «Jott, verdamme mir, Sie wissen das alles ja besser als mancher Professor!»

Das Mädchen schwieg, der Student fuhr fort: «Jott,

verdamme mir. Raphael war doch der erste Maler der Welt! Nicht wahr, mein Herr?» wandte er sich spöttisch an mich, «besonders seine Tierstücke?»

«Ja», erwiderte ich, «ich habe eben eins vor Augen! Ich werde stets mit Vergnügen daran denken!»

Der Student wurde etwas stutzig, denn ich sah so unschuldig dumm dabei aus; er wendete sich nun an das Mädchen: «Nicht wahr, Raphael, das ist der Erste?»

«Raphael», fragte das Mädchen, «den kenne ich nicht, den habe ich nie nennen gehört!» Er sah das Mädchen groß an: «Jott, verdamme mir, den Raphael kennen Sie nicht und den Lorrain so genau? Lorrain verhält sich zu Raphael wie Gellert zu Goethe!»

«Sie kennen doch den großen Maler Gellert auch?» so fragte er mich wieder ganz schnippisch.

«Ich kenne nur ein Bild von ihm», war meine Antwort, «aber ganz nach der Natur, und das ist: der grüne Esel.»

Der Student fing an, seine Fühlhörner ein wenig zurückzuziehen. Das Mädchen aber wurde ganz gesprächig.

Gellert, meinte sie, habe die Ahnung der Religiosität im Herzen des Volkes erweckt; es fehle ihm zwar die Tiefe, aber die Innigkeit, besonders seiner geistlichen Gedichte, sei wahr und rührend. «Für den Roman», fuhr sie fort, «hatte er kein Talent, das beweist seine ‹Schwedische Gräfin›, aber in seinen Fabeln paart sich treuherzige Schalkhaftigkeit und populärer Witz.»

Der Student und ich sperrten den Mund weit auf und bewunderten die kleine Gelehrte.
«Was Goethe betrifft», fuhr die Holde fort, «Goethe vereinigt den höchsten Zynismus mit der höchsten Poesie. Er hatte alle Kraftperioden, eine elegante Periode und eine ideale Periode: ‹Faust›, ‹Clavigo›, ‹Werther›. Im ‹Wilhelm Meister› ist seine Idealität am meisten ausgeprägt. In seiner ‹Eugenie› ist die Griechheit in Form und im Leben marmorglatt und marmorkalt! Seine Liedersammlung hingegen gibt ein Bild von dem, was der Mensch im abgeschlossenen Despotismus aus seinem Leben und aus seiner Muse macht!»
Wir konnten aus unserem Erstaunen kaum zurückkommen. Der Berliner Student rückte wie besessen auf seinem Platze, er war ganz Bewunderung. Ich aber sah mit einer befremdlichen Neugier das Mädchen an, welches aus den schönen Lippen das alles hervorsprudelte.
«Jott, verdamme mir!» schrie der Student nun wieder, «Goethe, der ist alles für den Verstand, für die Vollendung, fürs Herz, aber ich meene so, für das rechte innerste Herz, da ist nur een Schiller und keener mehr!» Das Mädchen schlug die Augen nieder und schwieg. «Sie schweigen?» fragte er dringend, «lieben Sie den Schiller nicht?»
«Schiller?» fragte sie, «wer ist das? Von dem weiß ich gar nichts!» Ganz betroffen und verdutzt schwiegen wir beide. Ich wußte nicht, was ich aus meiner schönen Nachbarin machen sollte. Lag eine tiefe Bedeu-

tung darin, daß sie vorgab, Raphael und Schiller nicht zu kennen? War es blinde Vorliebe für Goethe oder für die Landschaften Claude Lorrains? Oder endlich war es Ironie und Schalkhaftigkeit?

Ich setzte absichtlich das Gespräch über bildende Künste fort und sprach von Canova. Da belebten sich ihre Züge, man sah, wie sie freudig ergriffen wurde, als wie wenn man eine Saite ihres Herzens berührt hätte, die nun jetzt gern allein forttönt.

«Ja», sagte sie, «die Art, wie Canova den Marmor behandelt, ist das Bestreben, in dem harten Stoff den Reiz des weichsten Schmerzes hervorzubringen. Ich kenne nichts Schöneres als seinen Genius am Grabmale des Papstes Clemens XIII. in der Peterskirche zu Rom, obschon dieser Genius mehr schmeichelnden Reiz als tiefere Bedeutung hat. Sein Perseus hingegen ist ohne Einheit und tiefere Ansicht. Der magische Reiz aber der Vollendung in dem blendend reinen Stoffe fesselt Aug' und Sinn, und die zarte Bearbeitung läßt die Kennerschaft vergehen. Viel höher aber als Canova in der Begeisterung der Formen steht Dannecker, besonders in seinem ‹Christus›, in dem die Menschlichkeit und Göttlichkeit als Mittlertum wiedergegeben werden mußte!»

«Jott, verdamme mir!» rief der Student aus. «Sie reden wie ein Professor!» Ich aber saß in stiller Anschauung und fast etwas scheu, weil ich es durchaus nicht mag, wenn die Frauen gelehrt tun oder gelehrt scheinen wollen. Mir ist das Weib durch Weiblichkeit interessant, durch Sanftmut, durch Gemüt. Heldinnen, Dichterinnen kann ich bewundern, aber nie lieben.

Ja, es wird mir angst und bange, wenn ich in der Nähe eines Frauenzimmers bin, das den Ruf einer Gelehrten hat. Es kommt mir immer so vor, als sähe ich eine Nachtigall mit Sporen, oder eine Taube mit einem Schnurrbarte.

Wenn ein solches Mannweib mit mir spricht, zieht sich mein ganzes Wesen in sein Schneckenhaus zurück, und ich bekomme den Starrkrampf in der Zunge, und ich sehe mich ängstlich um, ob nicht ein anspruchsloses, weibliches Geschöpf meine versteinerte Empfindung wieder aus ihrem Banne lösen will.

Ihr Vater, der kurze Karpfenmensch, lächelte aus seinen Äuglein heraus und nickte dem Studenten triumphierend zu. «Oh», sagte dieser, das Gespräch wieder aufnehmend, «Canova und Dannecker werden beide von der Kühnheit Thorvaldsens überflügelt, meinen Sie nicht?»

«Wie meinen Sie das, Thorvaldsen?» fragte meine Nachbarin, «ist das auch ein Bildhauer? Ein Berliner vielleicht? Oder haben Sie den Namen erdichtet?» Dabei sah die Kleine so unbefangen aus, sie sah den jungen Universitäts-Sohn so offen an, daß er ganz verblüfft dasaß und wie hilfeflehend bald mich, bald die reizende Sprecherin ansah.

«Jott, verdamme mir!» schrie er heftig, «Sie wollen mich man zum besten haben?»

Indessen wurde es Abend, das letzte Rot der abtropfenden Abendsonne flutete durch den Wagen; der

Karpfenmann saß da wie ein vergoldeter Turmknopf und schillerte mit seinen Prisma-Augen seine Tochter an. Diese aber saß und sah hinaus in die niederschmelzende Abendröte, und auf ihrem Antlitz lag das letzte Tageslicht, als könnte und wollte es nicht davon scheiden.
«Oh», rief ich halb für mich aus, «wie der Abend niedergeht und sein Licht, und wie mit diesem Licht auch die Flammen des Tages im menschlichen Herzen verlöschen!»
«Die bildenden Künste», antwortete die Rätselhafte wie gedankenlos, «malen ihn auch wie einen Genius, mit einem Stern auf dem Haupte, der die Fackel zur Erde senkt!» Ich drückte ihr unwillkürlich die Hand; denn am Abend sind nicht nur Fieberkranke, sondern auch Verliebte, Dichter und Narren in einem gesteigerten Paroxismus.
«Nicht der Abend des Tages», sagte ich mit seidenweicher Stimme, «sondern auch der Lebensabend; Freund Hein hat auch eine umgekehrte Fackel in der Hand!»
«Freund Hein?» fragte das Mädchen und sah mich an, «das ist wohl ein Spezialfreund von Ihnen? Aber warum trägt er eine Fackel in der Hand?»
Eine Eiskälte überflog mich bei dem schnöden Ton dieser Worte, die, wie ich bestimmt glaubte, absichtlich gesagt wurden, um meine Empfindlichkeit kurzweg abzuschneiden. Ich ließ ihre Hand los und schwieg.
Die Nacht brach an, und die Sterne zogen wie Neugie-

rige am Himmel herauf und guckten von beiden Seiten in unsern Wagen hinein.
«Jott, verdamme mir!» jubelte der Student, «ich weiß nun nicht, soll ich die Astronomie da oben oder in Ihren Augen studieren, meine Schöne!» Dabei lächelte er wohlgefällig über das feine Kompliment.
«Die Astronomie», erwiderte sie unbefangen, «sowohl die sphärische, theoretische und physische und die Wahrnehmung der unveränderlichen Gesetze der Weltkörperbewegung ist ein trockenes Ding, das nichts mit dem Herzen zu tun hat. Von Nutzen ist sie, wie der große Naturforscher Gehler sagt, um Empfindungen von Größe und Würde zu erregen und die Gedankenreihe bis über das Grab hinauszutragen. Die Astrologie hingegen ist zwar eine trügerische Kunst, aber sinnig ist es, sein Schicksal an die Wahrnehmung der Gestirne knüpfen zu können. Ihr hohes Alter läßt sich aus der mosaischen Erzählung entnehmen, und Belus, der sich am Euphrat niederließ, brachte sie aus Ägypten nach Asien.»
Dem Berliner Studenten blieb der Verstand stillstehen, der ohnehin nicht stark im Gange war; mir aber wurde dieses Mädchen mit ihrer Grundwisserei und angeheuchelten, rätselhaften Ignoranz auf der anderen Seite fast peinlich, und sie kam mir wie eine Spukgestalt vor.
Der Student setzte das Gespräch fort und sagte: «Ja, selbst die Hellenen legten hohen Wert auf die Astrologie.»
«Sind das Ihre Schwestern, die Hellenen?» fragte das

Mädchen mit dem unschuldigsten Gesichte von der Welt.

«Wie», rief der Student unwillig aus, «Sie kennen die Hellenen nicht?»

«Ich habe nicht die Ehre», erwiderte das Mädchen ganz trocken; ihr Vater lächelte wie ein Stück faules Holz durch die Nacht, und der Student und ich schwiegen, indes es doch anfing, mir etwas grauenhaft vorzukommen.

Es mochte ungefähr gegen Mitternacht sein, als wir in die Hauptstadt Berlin einfuhren. Als wir durch das Leipziger Tor über den Belle-Alliance-Platz hinabkamen, warf die herrliche und blendende Gasbeleuchtung ihr Licht in den Wagen und ließ uns noch einmal die rätselhafte Schöne in dem Schimmer ihrer jugendlichen Schönheit sehen.

Der Student hatte eine Station früher, in Zehlendorf, versprochen, mir sogleich Nachricht zu geben, sobald er in Berlin das Mädchen näher kennenlernen würde, da er sich bereits beim Papa die Erlaubnis, ins Haus zu kommen, erwirkt habe.

«Jott, verdamme mir!» brach er nun wieder los, «das Jaas ist eene herrliche Flamme, es ist wie am Dage!»

«Ja», sagte das Mädchen, «die Erfindung ist eine der freundlichsten, und wir verdanken ihre erste Idee dem Lampadius, der in seiner Hüttenkunde darüber sprach. Lubon entwickelte das Gas für die Thermolampe aus Holz, und die Engländer fingen erst im Jahre 1810/11 an, die Gasentwicklung aus Steinkohlen zu ziehen. Der Schottländer Patterson will sogar ein

Mittel erfunden haben, das Gas in luftdichten Säcken aufzubewahren.»

Wir sahen ihr noch einmal in die von Gaslicht umfluteten, superklugen Augen, und der Student meinte: «Oh, meine Schöne! für ein Frauenzimmer haben Sie doch fast zu viel von der Hippokrene getrunken!»

«Ich getrunken?» erwiderte sie fast beleidigt, «ich habe den ganzen Tag über nichts getrunken, das haben Sie gesehen, und das Getränk Hippokrene kenn' ich gar nicht, wird wohl eine Art Fusel sein!»

In demselben Augenblick bog der Wagen in die Königsstraße ein und rollte in den Gasthof; wir wurden von einigen Dienern der langsamen Eilfertigkeit aus dem Wagen gebracht und gingen nach Hause.

Zwei Tage später stürmte der Student des Morgens in mein Zimmer: «Jott, verdamme mir!» schrie er wie der Wirbelwind, «ich habe es man heraus, was es mit dem Mädchen ist. Ich habe ihr eene Visite appliziert, und da ist mich die janze Feuersbrunst uffjejangen! Die Person hat das Konversations-Lexikon und studiert es durch. Jetzt ist sie nicht weiterjekommen als bis zum H, darum hat sie auch von Claude Lorrain, Astronomie, Canova, Dannecker, Gellert, Goethe, Gasbeleuchtung usw. alles jesagt, was darin zu finden ist; von Raphael aber, von Schiller, von Thorvaldsen, von Hellenen, von Hydrogen, von Hippokrene usw. keene Silbe jewußt! Die kann mich jestohlen werden, die ekle Prise!» Und damit lärmte er wieder aus meinem Zimmer hinaus.

Ich traf sie zufällig nach einigen Wochen im türkischen Zelt in Charlottenburg. Es war sehr heiß, ich machte ihr diese geistreiche Bemerkung, worauf sie sagte: «Wir leben jetzt in den Hundstagen, und da geht der Syrius mit der Sonne zugleich auf.» Sie war also indessen schon über das H gekommen.

## Was man dazu wissen sollte

Die Kurzgeschichte in ihrer heutigen Form gab es damals noch nicht. Sie kam einige Jahrzehnte später aus Amerika zu uns. Genau genommen waren Kurzgeschichten zu Saphirs Zeit ausgesponnene Anekdoten, die aber zuerst einmal gelebt oder erlebt werden mußten. So etwa, wenn der Fürst Pückler-Muskau mit einem Hirschgespann bei Kranzler in Berlin vorfährt und so tut, als sei dies die selbstverständlichste Sache der Welt. Oder wenn der König von Preußen, auf die Vorzüge der Eisenbahn hingewiesen, weil er mit einer Dampflokomitive schon morgens um neun in Potsdam sein könne, nur die Antwort hat: «Was soll ich um neune in Potsdam?»
So sind auch Saphirs Kurzgeschichten als eine Vorform unserer heutigen Short stories zu verstehen.

# Mutterwitz und Vatermörder

## Moritz Gottlieb Saphir und seine Zeit (1795–1858)

Er legte dem Publikum keine Gedanken in den Weg
und störte es durch keine Gesinnung
KARL KRAUS

Von seinen gesammelten Schriften ließe sich gar
wohl eine Auslese in etwa vier Bänden veranstalten,
die jeder Bibliothek zur Zierde gereichen würde
FRIEDRICH HEBBEL

Kraus und Hebbel meinen denselben Mann: Moritz Gottlieb Saphir. Er gehörte – wie Heine und Börne – der ersten Judengeneration an, die unbefangen deutsch sprach und schrieb. Genauer: Saphir, in Ungarn geboren, war erst mit siebzehn Jahren der deutschen Sprache mächtig. Heine hielt nicht allzuviel von ihm. In einem Brief an einen Freund schrieb er knapp, doch in Saphirscher Diktion: «Der Saphir, von dem Du schreibst, scheint noch sehr ungeschliffen zu sein...»

Das war 1824, als Saphir seine ersten Arbeiten veröffentlichte, und da hatte solche Kritik sicher ihre Berechtigung. Über den späteren Saphir urteilte Hebbel, alles andere als ein Judenfreund, wesentlich ausgewogener. Er hatte für Saphir «eine von Widerwillen nicht freie Schwäche» und hielt ihn «für einen homme de plus bon cœur» und für eines der «eigentümlichsten Konglomerate interessanter und einander zum Teil widersprechender Kräfte, die jemals im Weltlaufe hervorgetreten sind». Wörtlich heißt es bei Hebbel in seinen Tagebüchern: «Diesen Menschen betrachtete ich als die komische Nachgeburt des Hannibal, von dem Livius berichtet, daß der Unterschied zwischen Gut und Böse für ihn gar nicht vorhanden gewesen sei. In der Tat: gerade so steht es mit Saphir.»

Mag der Vergleich mit Hannibal sehr weit hergeholt erscheinen – fest steht, daß der preußische König, aber auch ein so nüchterner und klarer Denker wie Friedrich Hegel sich «erfrischt durch den Saphirschen Witz» fühlten. Und fraglos trafen seine Texte den Nerv seiner Leser und damit seiner Zeit. Einer Zeit, die gerade in den letzten Jahren vielen Versuchen einer neuen Deutung ausgesetzt war: Das Biedermeier. Jene drei Jahrzehnte also, die zwischen den Freiheitskriegen und der Märzrevolution von 1848 liegen.

Sprach man in diesen Jahren von Biedermeier, meinte man allerdings nicht die Epoche, sondern das Wort war ein Spottname für selbstzufriedene, engstirnige Bürger. Gedruckt tauchte Biedermaier (mit ai geschrieben) in der vielgelesenen Zeitschrift «Fliegende Blätter» auf. Als Pseudonym für eine Gedichtsammlung des ebenso treuherzigen wie weltfremden Dorf-

schulmeisters Samuel Friedrich Sauter aus dem Badischen. Dessen oft unfreiwillig komische Gedichte hatten Adolf Kußmaul und Ludwig Eichrodt ausgebuddelt, ergänzt, verballhornt und unter dem Sammeltitel «Das Büchlein Biedermaier» herausgegeben. Von da an wurde der Name zum Stilbegriff einer Zeit, dem die Zeitschrift «Jugend» dann die höheren Weihen als kunsthistorischem Begriff gab.
Das Biedermaier war eine Spießbürgerwelt. Die Freiheiten, für die man in den Krieg gezogen war, wurden am Grünen Tisch wegdiskutiert. Zensur und politischer Druck verhinderten jedes öffentliche Engagement. Also zog man sich in seine eigenen vier Wände zurück und lebte der Familie. Die Zipfelmütze wurde zum Symbol des Herrn Biedermeier. In diesen Jahrzehnten kam die Hausmusik in Mode und das Wort «Wohnkultur» wurde erfunden, und zum ersten Mal konnte man Möbel auf Abzahlung kaufen. Man lebte sparsam. Geld war knapp. Und die blankgescheuerten Holzfußböden der «guten Stube» waren kein Beweis für hausfraulichen Putzteufelehrgeiz, sondern die meisten Familien hatten einfach nicht genug Geld, um die Fußböden streichen zu lassen! Noch hatte das Handwerk goldenen Boden, aber die beginnende Industrialisierung brachte die erste Unruhe in die behagliche Welt des Biedermeier. Die Politiker sahen es gelassen, manche sogar mit Zufriedenheit. Metternich notierte: «Mäßige Unzufriedenheit der Stände und des Volkes ist der beste Zustand für eine Regierung.»

In dieser Spießbürgerwelt, deren Horizont der Rand der Kaffeetasse war, brillierte Moritz Gottlieb Saphir. Ein Wortjongleur, ein Virtuose der Phrase, ein Vielschreiber, aber auch einer, der in seinen besten Momenten die deutsche Sprache so zu formen verstand, daß neue Inhalte aus alten Worten schimmerten. Der Vatermörder, der modische Stehkragen des Biedermeier, tat seinem Mutterwitz keinen Abbruch.
Was waren die Ursachen für den steigenden Erfolg bei seinen Zeitgenossen? Bestimmt nicht seine Gedichte. Sie segelten alle im Windschatten der Lyrik Heinrich Heines. (Dies ist auch der Grund, warum nicht eines seiner Gedichte in diese Auswahl aufgenommen wurde.) Auch in seinen Kurzgeschichten ging er meist ausgetretene Pfade. Das eigentlich Neue, Eigene zeigte er in seinen Feuilletons und Skizzen. Da wird die Schreibe zur Rede – manchmal bis zur Effekthascherei in der direkten Ansprache «Du, lieber Leser». Man liest noch heute diese Texte wie mitstenographierte Reden, dabei war die Stenographie noch gar nicht erfunden. (Für Wissensdurstige: Die Kurzschrift von Gabelsberger, dem Münchner, wurde 1834 vorgestellt.) Dieser Eindruck der geschriebenen Rede wird in Saphirs Prosa durch die Verwendung von Fragen und Antworten verstärkt. Stilmittel, wie er sie bei seinen Studien im Talmud kennen und benutzen gelernt hatte. Warum er jedoch weder Rabbiner noch Nachfolger im Handelsgeschäft seines Vaters wurde und wie dieser zum Namen Saphir kam, hat er selbst in seinen Memoiren beschrie-

ben. Auszüge daraus stehen am Anfang dieser Auswahl.

Seine ersten literarischen Fingerübungen absolvierte er – reichlich erfolglos – in Wien. Erst in Berlin, 1826, begann seine Karriere. Gerade dreißig Jahre alt, gab er kurz hintereinander die Zeitschriften «Die Berliner Schnellpost», «Der Berliner Courier» und 1828 den «Berliner Theateralmanach» heraus.

Das Berlin jener Tage war eine ländliche Stadt. Der Nachtwächter zog seine Runden noch über Kopfsteinpflaster, und als der König 1828 die Straßen asphaltieren wollte, protestierten die Bürger. Es blieb beim Kopfsteinpflaster. Aber wenigstens Bürgersteige – die sogenannten Trottoirs – trotzte der König seinen Berlinern ab.

Für diese Stadt, die aus Märkern, Franzosen und Juden Berliner formte und die gerade ihr erstes Zeitungsfieber erlebt – bis 1824 waren die Gazetten nur dreimal wöchentlich erschienen, jetzt kamen sie täglich – für diese Stadt macht Saphir seine Zeitschriften. Und diese Zeitschriften gefallen. Saphirs Witz mixt Berliner Kodderschnauze mit jüdischer Chuzpe. Der ungarische Steppenhund beißt respektlos anerkannte Lokalgrößen der literarischen und künstlerischen Szene. Henriette Sonntag zum Beispiel, gefeierte Sängerin und Schauspielerin des Königlichen Theaters. Auf Befehl des Königs durfte über die Dame nichts Negatives geschrieben werden. Das war für Saphir Grund genug, gerade über sie, wie auch über literarische Tagesgrößen wie Willibald Alexis oder Carl

v. Holtei mit Galle und Paprika in der Feder zu schreiben. Verrisse waren schon damals die probateste Methode, um aufzufallen! Die Angegriffenen setzten sich zur Wehr. Sie hetzten den Zensor auf Saphirs Blätter.

Keine anderen Zeitschriften wurden so penibel zensiert wie seine. Bald machte das Bonmot «Der Saphir ist ein Edelstein, der nur von der Polizei richtig gefaßt werden kann» die Runde. Wahrscheinlich stammt die Formulierung von Saphir selbst, denn wie man sich ins Gerede bringt – das wußte er genau. Er war ein Hans-Dampf in allen literarischen Gassen. Typisches Beispiel dafür ist der 1827 von ihm gegründete Verein «Tunnel über der Spree».

Der seltsame Name hatte nichts mit dem ersten Dampfschiff zu tun, das seit 1823 auf der Spree fuhr, sondern bezog sich auf den Bau des Londoner Themsetunnels. Mitglieder des Vereins waren literarisch ambitionierte Studenten, Leutnants und junge Schriftsteller. Fontane trug dort seine Balladen vor. Theodor Storm, damals Regierungsassessor in Potsdam, Paul Heyse, der Maler Adolph Menzel – sie alle gehörten dazu. Literarische Wettbewerbe im Stil der Meistersinger wurden ausgetragen, und die Themen, zu denen Gedichte gedrechselt werden sollten, waren so ausgefallen wie «Warum werden im Winter Schneemänner, aber keine Schneefrauen gebaut?» – «Was ist schmerzlicher, den Nebenbuhler zur eigenen Geliebten gehen oder von ihr kommen zu sehen?»

Böse Zungen sagten, Saphir hätte den «Tunnel» nur

gegründet, um Schreiber für seine «Schnellpost» zu gewinnen. Zuzutrauen wäre es ihm. Saphirs persönlicher Ehrgeiz war in diesen Jahren darauf gerichtet, getauft zu werden. Der König befürwortete das Gesuch, doch der Hofprediger Thermin protestierte in einem langen Schreiben an den König: «..., daß die Taufe des Herrn Saphir, wenn nicht eine Veränderung des Herzens und Lebens zuvor bei ihm erfolgt ist, ein großes Ärgernis verursachen würde. Die überwiegende Stimmung gegen Herrn Saphir, soweit ich es habe wahrnehmen können, ist die der Geringschätzung, ja der Verachtung. Nicht zu gedenken, daß er vor längerer Zeit an einem öffentlichen Orte von einem hiesigen Buchhändler, den er durch seine Satire gereizt hatte, mit Schlägen ist mißhandelt worden, so hat ihn das Stadtgericht noch vor kurzem wegen Injurien zur Gefängnisstrafe verurteilt.»
Saphir wurde nicht getauft. Seine Angriffe wurden schärfer, die Zensurauflagen gegen seine Zeitschriften immer strenger. Saphir wandte sich an den König: «Die auffallend und unbegreiflich strenge Weise, wie mein Censor, der Herr Geheime Regierungsrat Granow, meine Blätter zensiert, hat es mir unmöglich gemacht, sie hier länger fortzusetzen ...»
Das klingt nach Männerstolz vor Fürstenthronen. Die Wahrheit ist profaner. Saphir hatte allen Grund, aus Berlin zu verschwinden! Wegen seiner Angriffe gegen Literaten, Schauspieler und Sänger waren mehrere Gerichtsverfahren wegen Beleidigung gegen ihn eingeleitet worden. Diesen Prozessen glaubte er durch

seine Übersiedlung nach München entgehen zu können.
München – das war 1829 das Mekka aller «Nordlichter». Der Ausdruck kam damals für jene Künstler und Wissenschaftler auf, die dem Ruf Ludwigs I. folgten, der bestrebt war, seine bayerische Hauptstadt zu einem kulturellen Mittelpunkt zu machen. Die Münchner Pressefreiheit – so dürftig sie war – war immer noch großzügiger als in vielen anderen deutschen Städten. 26 Zeitschriften erschienen damals in München. Mehr als in jeder anderen deutschen Stadt. Es wurde viel geschrieben, aber nicht immer gut. Stoßseufzer eines Münchner Literaten: «Ein Fremder, der unsere Journale als Maßstab unserer Geisteskultur ansehen wollte, möchte uns für echte Barbaren halten.»
An der Isar wendet Saphir die gleiche Taktik an wie an der Spree. Er gründet drei Zeitschriften: «Neues Mitternachtsblatt», «Deutscher Horizont» und «Der Bazar», der erfolgreichste der drei. Hauptziel für Saphirs Spott wird auch in München die Hofbühne, die allerdings tatsächlich der Reform bedurfte. Und prompt erhält Saphir im Juli 1830 auf königlichen Befehl eine «Angemessene Verwarnung» wegen Verbreitung falscher Gerüchte über das Theater.
Damit hatte es Saphir wieder einmal geschafft: Er war im Gespräch. Bald stand sein in Kupfer gestochenes Bild neben dem von August Thiersch, dem gefeierten Architekten der Ursulakirche, in den Schaufenstern der Buchläden. Die Entwicklung unterschied

sich in nichts von der in Berlin: Um seinen Lokalruhm nicht zu gefährden, mußte er trotz Verwarnung mit gleicher Frechheit weiterschreiben. Die Quittung blieb nicht aus. Am 6. November 1830 schreibt der König an den zuständigen Minister Schenk: «Sie lassen bis morgen früh Saphir eröffnen, daß er binnen drei Tagen München und binnen drei folgenden Tagen das Königreich zu verlassen habe. Ludwig»
Saphir versuchte alles, diesen Ausweisungsbefehl rückgängig zu machen. Vergeblich. Am 20. November 1830 muß er München verlassen. Doch selbst seinen Weggang arrangiert er spektakulär. Alle Münchner Blätter berichten lang und breit über seine Ausweisung.
Wohin ging damals ein deutscher Schriftsteller, dem das Asylrecht entzogen worden war? Nach Paris! Dort war seit der Julirevolution Louis-Philippe, der Bürgerkönig, an der Regierung und hatte die Pressezensur total abgeschafft. Doch Saphir konnte an der Seine nicht Fuß fassen. Er und die Stadt blieben sich fremd. Immer wieder versuchte er, die Genehmigung zur Rückkehr nach München zu erhalten. Schließlich durfte er nach Augsburg, aber nicht nach München! Endlich, am 26. Juni 1831, hatte er auch dies geschafft. Ein königlich-bayerischer Befehl verkündete: «Wir haben dem Schriftsteller Saphir die Erlaubnis, sich in Augsburg aufzuhalten, bewilligt. Wir gestatten nun auch demselben, sich in unsere Hauptstadt München begeben zu dürfen, behalten uns jedoch ausdrücklich vor, auch anders verfügen zu können.»

Diese Erlaubnis zur Rückkehr hat natürlich ihren Preis, und Saphir war bereit, ihn zu zahlen. Er mußte in seinen Zeitschriften auf den neuen antiliberalen Kurs des Königs einschwenken. Doch tut er es mit einem selbstironischen Augenzwinkern: Sein «Deutscher Horizont» erhält jetzt die Unterzeile: «Zu welcher Politik ich mich bekenne? Zu keiner! Warum? Aus Politik!»
Doch Saphir kann das Sticheln nicht lassen, im neu gegründeten «Bazar» läßt er seinem boshaften Witz bald wieder freien Lauf. Das bringt ihm Leser, aber auch Gefahren. So schildert ein Zeitgenosse Saphirs Alltag: «Auf allen Straßen, in allen Bierhäusern, im Bockkeller, an allen Versammlungsorten der schönen und geistigen Welt wurden Karrikaturen auf ihn verkauft, und jeden Abend konnten seiner in allen Straßenecken tüchtige Schläge harren. Wenn er abends nach Hause ging, begleitete ihn stets ein vierschrötiger Bedienter mit einem starken Knüppel, und konnte er es haben, so hing er sich gern in den Arm einer Dame, um auf solche Weise geschützt zu sein, weil er seinen Gegnern Zartgefühl gegenüber Damen zutraute. Bei jedem Geräusch zitterte er zusammen, und eine schnelle, um die Ecke ihm entgegentretende Gestalt verursachte ihm Entsetzen. Er durfte sich an vielen Orten nicht mehr sehen lassen, und niemand wußte, wo er eigentlich anzutreffen war oder schlief.»
Eine Genugtuung erhält er: 1832 darf er sich taufen lassen und – er wird Hoftheaterintendanzrat. Das eine war die Voraussetzung für das andere. Um die Taufe

hatte er sich bemüht – Intendanzrat wurde er ohne eigenes Zutun. Möglicherweise hatte der König damit eine «Bayerische Lösung» gegen den ewigen Störenfried gefunden und den Bock zum Gärtner gemacht. Ein Hoftheaterintendanzrat konnte schließlich nicht gegen das eigene Theater schreiben. So hochtrabend der Titel klang, es war keinerlei Einfluß damit verbunden. Zwar durfte er zu seinem Leidwesen bei Hofgalafesten keine Uniform tragen, aber mit einem solchen Titel, einem katholischen Taufschein und den – mäßigen – Einnahmen aus seinen Zeitschriften war für sein Auskommen gesorgt und seine Eitelkeit befriedigt.

Doch preußische Gerichte mahlen langsam, aber unausweichlich. Im Januar 1833 wird dem Polizeipräsidium in München vom Königlichen Oberlandesgericht Frankfurt (Oder) mitgeteilt, daß gegen Saphir eine sechswöchige Gefängnishaft wegen eines Beleidigungsprozesses aus seiner Berliner Zeit verhängt worden sei. Fünf Jahre hatten die Gerichte für dieses Urteil gebraucht! Saphir mußte im Münchner Neuturm einsitzen. Allerdings nur 7 Tage und 8 Stunden, dann wurde er «wegen Überfüllung der Gefängnisse» entlassen. Das war natürlich ein Vorwand, um dem preußischen Antrag zu entsprechen, ohne ihn zu erfüllen. Allerdings wurde seine Entlassung an eine Bedingung geknüpft: Er mußte Bayern verlassen! Aus war's mit dem Hoftheaterintendanzrat! Saphir verkaufte «Moritz Ruh», sein Schwabinger Sommerhaus, und ging nach Wien.

An der Donau hatte sich nicht viel verändert, seit Saphir Wien vor einem Jahrzehnt verlassen hatte. Noch immer liefen in der Staatskanzlei des Walzer-Cäsaren Metternich alle Fäden zusammen, noch immer zahlten ganze Adelsgeschlechter an den Kosten ihrer Bankette während des Wiener Kongresses, noch immer sagten die Kinder «Euer Gnaden» zu den Eltern. Die Akademie der Wissenschaften konnte ihre Arbeit nicht aufnehmen, weil der Minister Geschichte als wissenschaftliches Fach nicht zulassen wollte. Wiens größter Exportartikel in jenen Tagen war der Handkuß.

Saphirs erste Tat in Wien, man ahnt es schon, war die Gründung einer Zeitschrift. «Der Humorist» wurde von der ersten Nummer an ein Erfolg. Die meisten Artikel des Blattes schrieb er selbst.

In jenen Jahren lag auch Saphirs Glanzzeit als Vortragsreisender. Das war eine neue Form literarischer Kommunikation, die damals durch Schnellpost und Eisenbahn aufkam. Saphir reiste von Stadt zu Stadt, hatte überall volle Häuser und las aus seinen Werken. Sein Publikum war begeistert. Vielleicht lag in solchen Vorträgen das eigentliche Feld seiner Begabung. An solchen Abenden geriet ihm das, was ihn hinderte, ein wirklich großer Schriftsteller zu werden, zum Vorteil.

In seinen Schriften nimmt er immer wieder Anlauf, einen Gedanken in gültige Form zu fassen, doch immer stolpert er auf dem Weg zu dieser Formulierung über Randeinfälle, die ihm dabei in die Quere kommen. Verliert sich im Detail, macht manchmal hübsche Umwege, vergißt aber dabei das eigentliche Ziel. Bei seinen Vorlesungen kam ihm das zugute. Die Texte wirkten salopp, wie eben erst und nur für dieses Publikum produziert, Umwege in seinen Formulierungen wurden zur Anbiederung an den Biedermeiergeist.

Seine Auftritte bereitete er bis ins Detail seiner Kleidung vor. Sein Bild sollte sich bei seinen Hörern und Hörerinnen einprägen. Dazu war ihm jedes Mittel recht. Er kokettierte mit seiner Häßlichkeit, er behängte sich mit Bijoux und kleidete sich mit nachlässiger Eleganz. Fast ein Meter achtzig groß, betonte er seine Länge noch durch eine volle blondgelockte Perücke. Eine große Brille auf der gewaltigen Nase, deren rötliche Spitze bis an die pralle Oberlippe reichte, und ein struppiger blonder Schnurrbart gaben ihm jene Exzentrik, die er seiner Eitelkeit und seinen Zuhörern schuldig zu sein glaubte. Ein Show-Master des Biedermeier.

Noch einmal rückt Saphir ins öffentliche Blickfeld: Die Revolution von 1848 macht ihn zum Präsidenten des Österreichischen Schriftstellervereins. Für zwei Tage! Doch diese Amtszeit von 48 Stunden offenbarte, was Freunde und natürlich vor allem seine Gegner wußten: Seine große Zeit war vorbei. Sein Witz war stumpf geworden. Am 4. September 1858 ist er in Baden bei Wien gestorben.

Seine Schriften, in 20 Bänden gesammelt, gerieten bald in Vergessenheit, verstaubten in den Bibliothe-

ken und in den gutbürgerlichen Bücherschränken der Jahrhundertwende. Doch so, wie man ihn später totgeschwiegen hat – vor allem aus politischen Gründen – das hat Saphir nun auch wieder nicht verdient.
Dies ist der Versuch, den Staub von den Bücherrükken und vom Inhalt wegzublasen und aus der überschwappenden Produktion dieses fleißigen Schreibers Gedankenblitze, Aphorismen, Feuilletons, Kurzgeschichten und Wortspielereien zusammenzustellen. Sie wurden herausgepickt aus einem Wust von heute oft nicht mehr Genießbarem. Nichts wurde hinzugefügt, so manches weggelassen und die Zeichensetzung dem heutigen Sprachfluß angepaßt.
Die Einteilung unter verschiedene Blickpunkte bot sich bei einem Mann, der über alles und jedes schrieb, zwangsläufig an. Um den Bezug zu der Zeit, in der diese Texte entstanden, besser vor Augen zu haben, sind jedem Kapitel einige Stichworte über die politische, geistige und kulturelle Situation von damals hinzugefügt.
150 Jahre liegen zwischen Saphirs Tagesruhm und dieser Wiederbegegnung mit seinen Texten. Legen wir sie auf den Prüfstand, um zu sehen, was davon über den Tag hinaus gültig blieb.

MANFRED BARTHEL